● 本书由"吉林大学外国语言文化学院学术著作出版资助计划"资助出版。

LITERATURA ECOLÓGICA INDÍGENA
REFLEXIONES DE SILKO Y HOGAN

印第安生态文学

西尔科与霍根的反思

胡敬 著

厦门大学出版社
XIAMEN UNIVERSITY PRESS
国家一级出版社
全国百佳图书出版单位

图书在版编目（CIP）数据

印第安生态文学：西尔科与霍根的反思：西班牙文 / 胡敬著. -- 厦门：厦门大学出版社，2025.4. -- ISBN 978-7-5615-9714-9

Ⅰ．I712.065

中国国家版本馆 CIP 数据核字第 2025EL1541 号

责任编辑　苏颖萍
美术编辑　李嘉彬
技术编辑　许克华

出版发行　厦门大学出版社
社　　址　厦门市软件园二期望海路 39 号
邮政编码　361008
总　　机　0592-2181111　0592-2181406(传真)
营销中心　0592-2184358　0592-2181365
网　　址　http://www.xmupress.com
邮　　箱　xmup@xmupress.com
印　　刷　厦门集大印刷有限公司

开本　889 mm×1 194 mm　1/32
印张　7.375
插页　2
字数　258 千字
版次　2025 年 4 月第 1 版
印次　2025 年 4 月第 1 次印刷
定价　69.00 元

本书如有印装质量问题请直接寄承印厂调换

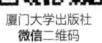
厦门大学出版社
微信二维码

厦门大学出版社
微博二维码

前言

2023年3月,习近平总书记提出全球文明倡议①。该倡议呼吁尊重人类文明多样性、维护共同价值观、尊重人类文明遗产与创新、促进国际交流与合作。全球文明倡议强调世界文明之间的沟通、和谐共存、互相包容与理解,为人类文明的共同繁荣提供助力。在全球文明交融的大背景下,生态文明作为人类文明不可或缺的重要部分,其建设需要汲取多元文化的智慧。

在日益严峻且呈全球化态势的生态危机面前,印第安人口头与书面传统中所蕴含的生态知识及智慧,是人类生态文明的珍贵遗产。此外,无论在历史上,还是现实中,美洲原住民遭遇的社会不公也表现在环境领域,进而引发环境非正义现象。本书以小说为个案,聚焦美国本土裔的环境经验,特别是印第安生态思想及环境非正义的体验。

基于全球文明倡议,本书通过运用生态批评方法、环境正义理论,来探究美国当代著名本土裔作家西尔科

---

① 习近平:《携手同行现代化之路——在中国共产党与世界政党高层对话会上的主旨讲话》(2023年3月15日),载《人民日报》2023年3月16日,第2版。

印第安生态文学
西尔科与霍根的反思
Literatura ecológica indígena reflexiones de Silko y Hogan

（Leslie Marmon Silko, 1948— ）和霍根（Linda Hogan, 1947— ）的长篇小说的生态书写特点。具体研究作品为西尔科的《死者年鉴》（*Almanac of the Dead*, 1991）和霍根的《太阳风暴》（*Solar Storms*, 1995）。

《死者年鉴》以一本不为世人所知的玛雅年鉴为线索，从印第安人物的视角重述了美洲五百年的历史。这是一部印第安人的反殖民史，也是一部底层人民的环保史。《太阳风暴》描写了混血女孩安杰尔（Angel）的精神归家之旅。安杰尔从小在欧裔家庭长大，由于不断更换寄养家庭而罹患严重的心理疾病。十七岁时，她决定回到部落寻找亲人。在与亲人和族人共同抵抗大坝建设、保护家园和自然的斗争中，她得以重建部落身份、修复创伤。

两部小说揭示了印第安人物所经历的环境暴力，描写了印第安人物坚毅不屈的环境抵抗情形，展现出富有当下时代意义的印第安生态智慧内涵。西尔科和霍根是引起生态批评家高度关注的本土裔作家，两部小说无疑是代表性的印第安生态文学作品以及环境正义的阅读范本。

本书聚焦小说中的末日自然灾难书写、印第安人物生态主体性书写和生态语言。为了阐明以上问题，本书划分为以下章节：

第一章分析两部小说的主要方法和理论，即生态批评方法和环境正义理论，由三部分组成，包括生态批评、环境正义运动，以及抵抗的不同层面。首先概述了生态批评在英语世界的发展史及其在中国的现状。其次介绍美国和世界范围内的环境正义运动，如印第安宇宙政治运动和印第安主义运动。最后从社会学中对抵抗的分类出发，借鉴文学评论家哈洛（Barbara Harlow）提出的"抵抗文学"概念，提出文学书写是一种修辞性抵抗。正如著名生态批评家墨菲（Patrick D. Murphy）指出的，文学作为艺术激进主义的一种，能够推动社会变革、启迪生态意识。

  本书第二、三、四章为文本分析。其中，第二章对两部小说中的自然灾害书写进行分析。本书认为，西尔科和霍根通过传统宇宙观印第安化了末日自然灾难，印第安人物将这类灾难视为美洲大地母亲对自然被无节制开采的报复。在印第安循环时间观念下，末日自然灾害恰是从动荡世迈向对人与自然皆公正的全新世的过渡阶段。

  第三章主要分析印第安人物的生态品格。两位小说家塑造的印第安人物具有一反"生态印第安人"刻板形象的特征。一方面，他们在精神和肉体上与自然紧密联系，这主要体现在由于远离故土和家园而罹患精神疾病的印第安人物身上。在与自然和传统文化重建联系的过程中，他们逐渐疗愈创伤，这表现了印第安人物的生态主体性。另一方面，小说中的印第安人物具有生态主义品格，他们勇敢地反抗环境非正义、保护大地母亲，并投身于环保运动之中。

  第四章聚焦小说中的环保话语。两部小说中的印第安

▶ 印第安生态文学 西尔科与霍根的反思
Literatura ecológica indígena reflexiones de Silko y Hogan

人物在开展环保运动时，提出了以法律和传统口头文化为基础的环境正义话语。西尔科和霍根的小说语言尽显生态性，这在印第安人物对大地母亲的神性崇拜，以及蕴含于印第安传统口头故事中的生态智慧里皆有所体现。

在两部小说中，自然是人类起居、劳作和环境纷争不断涌现的场域。西尔科和霍根揭露了环境种族主义——殖民主义遗留的祸根，其给美国本土裔群体精神与肉体带去的暴力行径显露无疑，解构了印第安人的他者性，成功塑造出具有生态品格的印第安人形象。

两位本土裔作家的生态书写尽显印第安生态智慧，且具备环境正义维度。通过书写印第安人物的生态思想、环境体验和环保运动，西尔科和霍根将小说变成为印第安生态文化发声、揭露环境不公和启迪读者环境意识的文学空间。本书拓展了对美国当代印第安文学生态批评研究的环境正义维度，挖掘了印第安生态思想的内涵，体现了全球文明倡议的精神，也为我国生态文明建设提供了文化多样性借鉴。

胡敬
于吉林大学
2024 年 11 月 10 日

Prólogo

En marzo de 2023, el presidente Xi propuso la Iniciativa de Civilización Global[1]. Dicha iniciativa de China hace llamamiento a respetar la diversidad de las civilizaciones humanas, defender los valores comunes, valorar las herencias y la innovación cultural, y fomentar intercambios y cooperación internacional entre las personas. La Iniciativa de Civilización Global enfatiza los intercambios, la armonía, la coexistencia, la tolerancia y el aprendizaje mutuo entre las diferentes culturas por el mundo, los cuales van a contribuir al florecimiento de todas las civilizaciones humanas. En el contexto de la confluencia cultural global, la civilización ecológica, como una parte indispensable de la civilización humana, necesita nutrirse de la sabiduría de diversas culturas para su construcción.

Frente a la crisis ecológica acelerada y globalizada, los saberes ecológicos indígenas contenidos en sus tradiciones, tanto orales como escritas, consisten en una

---

[1] Xinhua. "Xi exhorta a partidos políticos a dirigir el rumbo hacia modernización y propone Iniciativa de Civilización Global (2)." *Diario del Pueblo*, 16 mzo. 2023, spanish.people.com.cn/n3/2023/0316/c31621-10223066-2.html.

> 印第安
> 生态文学
> 西尔科与
> 霍根的反思

Literatura ecológica indígena
reflexiones de Silko y Hogan

preciosa herencia de la civilización ecológica humana. Además, desde la colonización hasta la actualidad, los pueblos originarios de las Américas han sufrido injusticias sociales, lo que también se manifiesta en el área ambiental conduciendo a injusticias medioambientales. Tomando novelas como estudio de caso, el presente libro se dirige a la experiencia ambiental indígena, sobre todo, sus pensamientos ecológicos y sus vivencias de injusticias ambientales.

Basándose en la Iniciativa de Civilización Global, empleando la metodología ecocrítica y teorías de justicia medioambiental, el libro explora las características de las novelas ecológicas de dos célebres autoras nativo-americanas contemporáneas, a saber, *Almanac of the Dead* (1991) de Leslie Marmon Silko (1948—) y *Solar Storms* (1995) de Linda Hogan (1947—).

Almanac of the Dead abarca una escala de tiempo y espacio muy amplia, al plasmar la historia de resistencia indígena durante los quinientos años de colonización en los dos continentes americanos. Esta narración de resistencia, con su hilo de la descodificación de un quinto códice maya, también puede leerse como una historia de lucha ecologista por parte de los de abajo. En *Solar Storms,* Hogan presenta la recuperación de la identidad indígena de Angel, una adolescente de diecisiete años crecida en el mundo euroamericano, así como su lucha con sus abuelas y paisanos contra la construcción de una obra hidroeléctrica.

Ambas novelas desvelan la violencia ecológica contra los nativo-americanos, presentan la resistencia tenaz indígena contra la injusticia medioambiental y reflejan la sabiduría ecológica indígena que sigue vigente en el mundo actual. Silko y Hogan son autoras nativo-americanas muy investigadas por los ecocríticos. Las dos novelas también consisten en ejemplos magistrales de la literatura ecológica indígena y escritura de justicia medioambiental.

El libro enfoca el análisis de las representaciones de desastres naturales apocalípticos, la identidad y el lenguaje ecologista indígena. Para aclarar dichas cuestiones, se organiza el libro en los siguientes capítulos:

El primer capítulo ofrece el marco teórico y el método para analizar las dos novelas. Consta de tres partes: la ecocrítica, el movimiento de justicia medioambiental y los distintos aspectos de la resistencia. La primera parte refleja la breve historia de la ecocrítica en el mundo anglófono, así como su situación actual en China. La segunda presenta el movimiento de justicia medioambiental en los Estados Unidos y el resto del mundo, a saber, el movimiento cosmopolítico indígena y el indigenismo. En la tercera, basándome en la categorización de las diversas formas de resistencia propuestas por la sociología y asumiendo el concepto de "literatura de resistencia", acuñado por la filóloga Barbara Harlow, propongo que, la literatura es una

▶ 印第安
生态文学
西尔科与
霍根的反思

Literatura ecológica indígena
reflexiones de Silko y Hogan

resistencia retórica. Según el ecocrítico Patrick D. Murphy, la literatura, como un "artivismo", puede incentivar transformaciones sociales y concienciar ecológicamente al público.

Los capítulos dos, tres y cuatro, abordan el análisis de las novelas. El segundo analiza la representación del deterioro ecológico. Silko y Hogan indigenizan los desastres naturales apocalípticos representados en las novelas con la cosmovisión indígena. Los personajes indígenas los ven como la rebeldía de la Madre Tierra de las Américas contra la explotación abusiva. Bajo la visión del tiempo cíclico indígena, el apocalipsis es la transición de la época caótica, hacia una totalmente nueva, donde se hace justicia tanto a los seres humanos como a los no-humanos.

En el tercer capítulo, se analizan los principales personajes indígenas enfocando en su personalidad ecológica y ecologista. El análisis sobre las figuras indígenas derivará de una breve introducción a los conceptos de raza, indio y la canonización de la literatura nativo-americana. Las dos novelistas crean figuras indígenas que deconstruyen los estereotipos relacionados con el "Indio Ecológico". Por una parte, los personajes indígenas presentan lazos tanto espirituales como físicos con la naturaleza, lo que se refleja en figuras traumatizadas debido al desplazamiento. La curación de sus enfermedades psíquicas con la reconstrucción de conexiones con la naturaleza y la tierra natal pone de manifiesto la identidad ecológica indígena. Por otra parte, estos presentan virtudes ecologistas, o sea, la conciencia de lucha ambientalista. Las figuras indígenas en las dos novelas se dedican a la lucha contra la injusticia medioambiental y la defensa de la Madre Tierra.

En el cuarto capítulo, se examina el lenguaje de resistencia indígena. A la hora de practicar el ambientalismo, los personajes indígenas formulan un discurso de justicia medioambiental apoyado en el derecho, así como la tradición oral. El culto a la sagrada Madre Tierra y la tradición oral contienen pensamientos ecológicos indígenas, lo que se pone de manifiesto en el lenguaje novelístico de Silko y Hogan.

En ambas novelas, la naturaleza es el lugar donde la gente vive, trabaja y en el que los conflictos ambientales suceden. Silko y Hogan desvelan las violencias ambientales de tipo físico y psíquico que los pueblos indígenas sufren como consecuencia del colonialismo. Deconstruyen la otredad indígena y construyen figuras indígenas con virtudes ecológicas.

La escritura ecológica de las dos autoras nativo-americanas refleja la sabiduría ecológica indígena y presenta dimensión de justicia medioambiental. Por medio de la escritura, Silko y Hogan convierten la novela en un espacio aritivista donde se articulan las culturas ecológicas indígenas, se desvelan las injusticias medioambientales y se conciencia a los lectores ecológicamente. El presente

▶ 印第安
生态文学
西尔科与
霍根的反思

Literatura ecológica indígena
reflexiones de Silko y Hogan

libro amplía el estudio ecocrítico aplicado a la literatura nativo-americana en cuanto al tema de justicia medioambiental, explora el pensamiento ecológico indígena, refleja el espíritu de la Iniciativa de Civilización Global y servirá, al mismo tiempo, de referencia a la diversidad cultural y a la construcción de la civilización ecológica de nuestro país.

HU Jing
en la Universidad Jilin
10 de noviembre 2024

Índice

Capítulo 1 Ecocrítica, justicia medioambiental y resistencia/1
1.1 "Where are the other voices?": la ecocrítica y su situación en China/1
1.2 El movimiento de justicia medioambiental/23
1.3 Aspectos de la resistencia/47

Capítulo 2 Representaciones de desastres naturales en las novelas/67
2.1 La literatura nativo-americana: Leslie Marmon Silko y Linda Hogan/67
2.2 Los desastres naturales apocalípticos y su indigenización en *Almanac of the Dead*/89
2.3 Los desastres naturales apocalípticos y su indigenización en *Solar Storms*/98

Capítulo 3 La identidad ecológica indígena/113
3.1 La canonización de la literatura nativo-americana y la otredad indígena/113
3.2 La identidad ecológica indígena en *Almanac of the Dead*/125
3.3 La identidad ecológica indígena en *Solar Storms*/138

Literatura ecológica indígena
reflexiones de Silko y Hogan

Capítulo 4   El lenguaje ecologista indígena/153
    4.1 El discurso de derecho en *Almanac of the Dead*/154
    4.2 El discurso de derecho en *Solar Storms*/162
    4.3 El lenguaje ecológico en *Almanac of the Dead*/167
    4.4 El lenguaje ecológico en *Solar Storms*/176

Capítulo 5   Reflexiones finales/191

Bibliografía/201

Capítulo 1
Ecocrítica, justicia medioambiental y resistencia

1.1 "Where are the other voices?": la ecocrítica y su situación en China

1.1.1 La ecocrítica anglófona

Pese a que el término "ecocrítica" (*ecocriticism*) fue acuñado por William Rueckert en su artículo nombrado "Literature and Ecology: An Experiment in Ecocriticism" (1978), la publicación de *The Ecocriticism Reader* (1996) editado por Cheryll Glotfelty y Harold Fromm, marcó el inicio de una disciplina y movimiento académico que se autodefine como la ecocrítica. En la introducción de este último, se define la ecocrítica como el estudio de la relación entre la literatura y el medio físico, "the study of the relationship between literature and the physical environment" (xviii). En esta obra pionera, Glotfelty es consciente de la visión limitada de la ecocrítica, en lo que pudiera llamarse primera ola, en cuanto al género, los parámetros críticos enfocados en la

▶ 印第安生态文学
西尔科与霍根的反思

Literatura ecológica indígena
reflexiones de Silko y Hogan

preservación de la naturaleza salvaje y el predominio de los académicos blancos.

La ecocrítica de la primera ola, muestra un afán por la naturaleza inmaculada, está comprometida con los movimientos ecologistas tradicionales, y por eso, también está afiliada a su ideología encaminada a la conservación y la preservación de la naturaleza para el disfrute de los humanos y el desarrollo económico. El *corpus* investigador de esta, se enfoca casi exclusivamente en el género literario llamado literatura de naturaleza (*nature writing*), escrita mayoritariamente por autores euroamericanos de clase media, y la poesía inglesa del Romanticismo.

Glotfelty insta a una mayor diversidad cultural, étnica y la consideración de la justicia social: "Ecocriticism has been predominantly a white movement. It will become a multi-ethnic movement when stronger connections are made between the environment and issues of social justice, and when a diversity of voices are encouraged to contribute to the discussion." (XXV) Para la autora, estas voces tan diversas, son multiculturales y multiétnicas a nivel doméstico e internacional: "In the future we can expect to see ecocritical scholarship becoming ever more interdisciplinary, multicultural, and international." (XXV)

Correspondiendo al llamamiento de Glotfelty, en la conferencia de ASLE (Association for the Study of Literature and Environment), celebrada en Kalamazoo, en 1999, se estableció un comité para promover la diversidad cultural y étnica (Diversity Caucus). La publicación de *The Environmental Justice Reader: Politics, Poetics and Pedagogy* (2002), editado por Joni Adamson, Mei Mei Evans y Rachel Stein, marcó el inicio de la segunda ola: la ecocrítica de justicia medioambiental, que según Buell, especialista en el tema, la dirige hacia una "sociocentric perspective" (*Future* 8). Esta, muestra un mayor compromiso social con el movimiento de justicia medioambiental estadounidense; reorganiza sus parámetros analíticos según las teorías de defensa del medioambiente, sobre todo, los "17 principios de la justicia medioambiental"; es más interdisciplinar y multicultural, e incorpora los múltiples géneros literarios[1], particularmente aquellos escritos por los autores pertenecientes a poblaciones subalternizadas.

En el artículo "The Shoulders We Stand On: An Introduction to Ethnicity and Ecocriticism" (2009), los ecocríticos estadounidenses Joni Adamson y Scott Slovic, haciendo eco la revindication de Glotfelty en 1996, vuelven a formular la pregunta de "Where are the other voices?" (6) Con ello pretenden iniciar la tercera ola de la ecocrítica con el giro transnacional y comparatista que "recognizes ethnic and national particularities and yet transcends ethnic and national boundaries" (6) frente a los retos propuestos por la globalización.

---

[1] Incluyen los géneros literarios como la poesía y la ficción, modos artísticos como el cine y el teatro, y también los textos como los manifiestos declarados por los activistas ambientalistas *grassroots*, leyes y acuerdos comerciales (Adamson, "Ecocriticism" 1).

印第安生态文学 — 西尔科与霍根的反思

Literatura ecológica indígena
reflexiones de Silko y Hogan

La evolución de la ecocrítica es un proceso de inclusión de más voces silenciadas, diferentes y remotas, tanto geográficas como temporalmente. En "Seasick among the Waves of Ecocriticism: An Inquiry into Alternative Historiographic Metaphors" (2017), el autor Scott Slovic, revisa la historiografía de la ecocrítica y cuestiona el término "ola", ya que apunta hacia un "current-wave bias" en los ecocríticos y una "layered historical concatenation" en el vocabulario y aparato conceptual académico (103), lo que implica una visión lineal, mecanicista y simplista de evolución y un dualismo nuevo/antiguo.

Con ello se suele pensar que la ola anterior, considerada como menos desarrollada, representa algo muerto. La nueva ola, a su vez es totalmente innovadora, sin embargo, lo que ocurre realmente es que una "ola anterior" no finaliza y confluye constantemente con las diversas olas.

Por ejemplo, la ecocrítica poscolonial, considerada como la tercera ola, caracterizada por el giro cosmopolita y el método "ecoglobal" (Adamson y Slovic 12) es la ampliación geográfica y cultural de la ecocrítica de la segunda ola. Así, los estudios animales poscoloniales representan la convergencia entre la ecocrítica poscolonial y los estudios animales de la cuarta ola. Por otra parte, debido a que la redacción historiográfica tiende a capturar la corriente predominante, las voces minoritarias y diferentes suelen ser ignoradas. Los diversos pensamientos ecologistas y olas de ecocrítica, en vez de surgir linealmente, pueden presentar una coincidencia temporal (Slovic, "Seasick" 103).

De igual forma, la ecocrítica turca Serpil Oppermann utiliza la metáfora de rizoma para referirse a la pluralidad de métodos, teorías, disciplinas, facetas, corrientes y categorías que, entre todos, configuran el "rhizomic discourse" y la "rhizomatic activity" de la ecocrítica (20; 19). Oppermann, tomando la idea deleuziana de estructura de rizoma, establece que esta, en vez de ser jerárquica, centralizada y exclusiva ilustra la interconexión entre las diversas corrientes, facetas y disciplinas de la ecocrítica (18-20). Hablando sobre las tres olas de eocorítica en 2015, Carmen Flys Junquera, ecocrítica pionera en España, también señala la ambigüedad temporal inherente en las diversas corrientes ecocríticas indicando "la vertiginosa evolución de la ecocrítica en la que las tres tendencias conviven" ("Ecocrítica" 309).

Considero que el "current-wave bias" y la "layered historical concatenation" propuesta por Slovic, es una manifestación del sesgo centrista humano, es decir, una incapacidad de ver más allá. Debido a esto, la ecocrítica de la primera ola, como una reacción directa a la crisis ecológica en los Estados Unidos y el movimiento ecologista en las décadas 1960—1990, enfoca las escrituras en el siglo XIX y XX. Esta limitación temporal ha sido corregida por la ecocrítica de la segunda ola, que incorpora, por ejemplo, las obras en la época colonial y los textos antiguos como la *Biblia*.

▶ 印第安
生态文学
西尔科与   Literatura ecológica
霍根的反思 indígena
         reflexiones de Silko y Hogan

La otra cara de esta incapacidad de ver más allá en la ecocrítica es la tendencia eurocéntrica y americanista. La homogeneidad "blanca" de la ecocrítica de la primera ola, ha pluralizado a la de la segunda ola, que incorpora la poesía y la ficción escrita por las minorías étnicas. No obstante, en *The Future of Environmental Criticism* (2005), el ecocrítico americano Lawrence Buell, señala el dualismo de blanco/no-blanco de la ecocrítica de la justicia medioambiental que pasa por alto las experiencias de los grupos euroamericanos marginalizados, por ejemplo, los obreros y los inmigrantes (117-119). Para él, la tercera ola, sobre todo la ecocrítica poscolonial, ha puesto de manifiesto que, bajo la visión global, la ecocrítica de justicia medioambiental no tiene que estar apoyada en un exclusivo lenguaje del racismo ("Ecocriticism" 97). Refiere además que la tercera ola es todavía americanista y eurocéntrica con el vocabulario y método analítico principalmente anglófono ("Ecocriticism" 99).

Adoptando una visión abierta, Slovic propone cuatro olas como una microhistoria de la ecocrítica. La primera ola se ha iniciado desde 1980 hasta hoy en día. La segunda ola, de mediados de 1990 hasta la actualidad, presenta una tendencia más pragmática, multicultural, sofisticada teóricamente, orientada a la justicia medioambiental y enfocada en las zonas urbanas y suburbanas. La otra obra pionera de la segunda ola es *American Indian Literature, Environmental Justice, and Ecocriticism: The Middle Place* (2001) de Joni Adamson.

La tercera ola, surge en el año 2009 hasta la fecha, con el número 34.2 de 2009 de *Melus*. Esta edición especial que estuvo a cargo de Adamson y Slovic, se titula *Ethnicity and Ecocriticism* y presenta una tendencia transnacional y comparatista. La cuarta ola, comienza en el 2008 hasta el presente, con la publicación de *Material Feminisms* (2008) de Stacy Alaimo y Susan Hekman. Esta ola más reciente cuenta con las principales tendencias como la ecocrítica materialista, la narratología ecológica, el estudio ecocrítico animal, la ecocrítica transnacional y el análisis de datos relativos a la representación de la crisis ecológica (Slovic, "Literature" 360-361).

Slovic también plantea una historia definida en términos generales. Califica el período antes de la década de 1970 como la fase protoecocrítica, el cual estaba dominado por la escritura sobre la naturaleza. El propio autor, citando a David Mazel, escritor de *A Century of Early Ecocriticism* (2001), expresa que el origen del estudio ecocrítico sobre la literatura de naturaleza estadounidense se remonta a 1864.

Cabe destacar la ecocrítica ecofeminista, fue una tendencia dinámica que adelantó la preocupación socioambiental en la ecocrítica ya en la década 1980 (Slovic, "Seasick" 105). El ecofeminismo, como apunta la filósofa ecofeminista Karen J. Warren, se origina en los movimientos sociales liderados por las mujeres y posteriormente tiene repercusiones en el arte, la literatura, el análisis literario, la filosofía, la religión, las ciencias sociales y las Organizaciones no gubernamentales (ONGs)(xiii). El término ecofeminismo fue acuñado por la pensadora feminista francesa Françoise d'Eaubonne en su *Le féminisme ou la mort* (Feminismo o muerte) (1974), donde ve una interconexión entre los movimientos feministas y ecologistas. Según la pensadora francesa, la dominación masculina de las mujeres y del mundo natural es la causante de la crisis ecológica, justificada por la tradición patriarcal y machista.

En 1980, la celebración de la conferencia titulada "Women and Life on Earth: Ecofeminism in the Eighties" y la protesta liderada por las mujeres Women's Pentagon Action (WPA), ambas organizadas por la teórica y activista ecofeminista Ynestra King, marcaron el surgimiento del ecofeminismo como una praxis social y una teoría autoconsciente en los Estados Unidos.

Según Warren, el ecofeminismo es un término general e inclusivo que engloba una variedad de posiciones (xiv). Pese a esta pluralidad, cualquier corriente teórica, disciplina y praxis social ecofeminista destaca la interconexión entre la dominación de los otros tanto humanos como no-humanos (Warren xi). La otredad varía según contextos, pero en cualquier caso, son grupos sociales subordinados, marginados y devaluados. En los Estados Unidos, el Otro humano lo configuran las mujeres, las personas de color, los niños y los pobres, y el Otro no-humano, animales, bosques, y tierras, entre otros (Warren xi).

A partir de la década de 1990, la confluencia del ecofeminismo como una teoría y movimiento social con la ecocrítica comenzó a coger fuerza. La ecocrítica ecofeminista hace referencia, en términos generales, al examen de los textos literarios y obras artísticas a través de la aplicación de la filosofía ecofeminista y desde el ángulo de las correlaciones mujer-naturaleza en cuanto a la explotación, la conciencia ecológica y la solución a la crisis ecológica y desigualdad social. A pesar de que la ecocrítica ecofeminista surgió a mediados de 1990[1], no fue hasta el nuevo milenio cuando la aportación ecofeminista a la ecocrítica fue reconocida (Flys Junquera, "Ecocrítica" 308).

En la evolución de la ecocrítica, la vertiente europea va después de países anglófonos como Australia, Nueva Zelanda y Reino Unido, a donde la ecocrítica estadounidense llegó y proliferó a comienzos del nuevo milenio (Flys Junquera, "Ecocrítica" 308). En 1998, se estableció ASLE-UKI, la rama de ASLE en Reino Unido e Irlanda, que fundó la revista *Green Letters: Studies in Ecocriticism* en 2000. En 2004, se fundó la asociación ecocrítica europea, European Association for the Study of Literature, Culture, and Environment (EASLCE).

En 2006, se estableció el grupo de investigación GIECO, Instituto Franklin de la Universidad de Alcalá,

---

[1] En dicho período, hay importantes estudios ecocríticos ecofeministas como *Literature, Nature, and Other* (1995) de Patrick D. Murphy, *The Green Breast of the New World* (1996) de Louise H. Westling, *Ecofeminist Literary Criticism* (1998) de Gaard y Murphy, entre otros.

España. En 2010, se fundó la revista *ECOZON@: Revista Europea de Literatura, Cultura y Medio Ambiente*, en la Universidad de Alcalá. Este propio año fue importante para el desarrollo ecocrítico en Europa, sobre todo en España. Además de la fundación de la mencionada revista, se publicó el primer volumen de ensayos ecocríticos en español *Ecocríticas. Literatura y medio ambiente* llevado a cabo por GIECO. En el mismo año, se publicó el número 15-16 de la revista *Nerter*, editado por los ecocríticos españoles Flys Junquera y Juan Ignacio Oliva y dedicado exclusivamente a la ecocrítica en español. Los artículos de Flys Junquera, "Literatura, crítica y justicia medioambiental" en *Ecocríticas* y, la ecocrítica también española Imelda Martín Junquera, "Justicia medioambiental" en el número especial de 2010 de *Nerter*, consisten en las primeras introducciones de la ecocrítica de justicia medioambiental en España. En 2012, Oliva y Flys Junquera editaron el número 64 de la *Revista Canaria de Estudios Ingleses*, dedicado a los aspectos específicos de la ecocrítica. Según la ecocrítica española Beatriz Lindo Mañas los dos números monográficos y *Ecocríticas* constituyen las lecturas básicas y complementarias ecocríticas en España (262-263)[1].

Como señalan los ecocríticos Axel H. Goodbody, Flys Junquera y Oppermann en la introducción al

---

[1] Para la revisión bibliográfica de las publicaciones sobre la ecocrítica y las humanidades ambientales en España véase Lindo Mañas.

número 11. 2 de *ECOZON@* de 2020 con el décimo aniversario de la revista, la ecocrítica europea va por dos direcciones: la introducción de la ecocrítica anglófona a los países europeos no anglófonos y la praxis ecocrítica aplicada a las literaturas nacionales (1). Sin embargo, hasta 2010 la práctica ecocrítica basada en las literaturas no anglófonas fue muy escasa (Flys Junquera, "State of Ecocriticism" 110).

El tema de la tierra salvaje *(wilderness)* no destaca en la ecocrítica europea (Bellarsi 127), como explica la ecocrítica italiana Serenella Iovino el concepto de tierra salvaje desapareció en la imaginación europea desde hace mucho tiempo y tiene un significado estético en vez de ético, como es en el caso estadounidense (citado en Flys Junquera, "State of Ecocriticism" 111).

Los ecocríticos europeos se preocupan más por los desastres naturales, el cambio climático, el alimento transgénico, entre otros y los relacionan con la globalización, el exceso del capitalismo y el desarrollismo (Flys Junquera, "Ecocrítica" 310). En comparación con la ecocrítica estadounidense de la primera ola, enfocada casi exclusivamente en la literatura de naturaleza, la europea presenta una perspectiva más amplia dedicada al examen de las relaciones entre la naturaleza, la literatura, la cultura y la historia (Goodbody, Flys Junquera y Oppermann 2).

La agenda investigadora europea ampliada a las cuestiones culturales se refleja en la denominación de la asociación ecocrítica europea EASLCE, European

Association for the Study of Literature, Culture and Environment. Mientras que los fundadores de ASLE tuvieron como su lema "preferiría estar de senderismo" mostrando un interés por el estilo de vida, los ecocríticos europeos se preocupan más por la interconexión entre el estudio literario, las otras disciplinas relacionadas con la ecología y los movimientos ecologistas (Goodbody, Flys Junquera y Oppermann 2). Ambos grupos, sin embargo, muestran una consideración por la gestión de recursos naturales, en concreto su preservación y conservación para el disfrute y uso humano. La ecocrítica europea, también presenta un énfasis sobre las cuestiones de sostenibilidad y decrecimiento (Flys Junquera, "Ecocrítica" 310).

Contextualizada en Europa, la pluralidad que constituye el carácter de la ecocrítica, se manifiesta en la heterogeneidad geográfica, política, cultural y lingüística de los países europeos. No obstante, la ecocrítica europea, en vez de ser cosmopolita, es más local como una colección de las ecocríticas nacionales (Goodbody, Flys Junquera y Oppermann 2; Flys Junquera, "State of Ecocriticism" 121).

Esta fragmentación, según la ecocrítica Franca Bellarsi, es una ventaja que posibilita una ecocrítica comparatista y fomenta la formación de la ecocrítica europea, en vez de la ecocrítica en Europa (130). Esta búsqueda de la unidad pese a la heterogeneidad en la ecocrítica europea, cuyo lema es "Unity in Diversity"

(Flys Junquera, "State of Ecocriticism" 110), se refleja en la revista *ECOZON@*, que publica artículos en inglés, español, alemán, francés e italiano.

En el período comprendido de 1970, cuando se estableció el Día de la Tierra, al año 2000, se desarrollaron diversos modos ecocríticos en reacción a la crisis ecológica. Entre los años 1990 y 2000, se destaca una mayor tendencia a la confluencia de los diversos modos ecocríticos y la intersección de las diversas disciplinas ("Seasick" 108). Todo esto ha dado lugar a las humanidades ambientales[1].

Según Nixon, el término Antropoceno necesita una redefinición de la humanidad, o sea lo que significa ser humano, en todos los aspectos de la existencia humana a lo largo de la historia humana y también para el futuro ("Anthropocene" 3-4). En este sentido, la redefinición del concepto de humanidad corresponde al posthumanismo, un concepto que abraza diversas corrientes de pensamiento filosófico, la crítica literaria, los movimientos sociales o el arte. De acuerdo con la teórica posthumanista Francesca Ferrando, el

---

[1] Las humanidades ambientales son un conjunto de disciplinas que "abarca aquellos estudios filosóficos, estéticos, religiosos, literarios y audiovisuales basados en las investigaciones más recientes en ciencias naturales y sostenibilidad" (Adamson, "Humanidades" 18). La historia oficial de las humanidades ambientales comenzó con la aparición de la revista australiana de *Environmental Humanities* en 2012. Como un campo de estudio interdisciplinar, las humanidades ambientales intentan reducir la brecha ciencia/humanidades y contribuir a un entendimiento holístico, incluido el saber indígena, sobre la crisis ecológica.

> 印第安
> 生态文学
> 西尔科与
> 霍根的反思

Literatura ecológica indígena
reflexiones de Silko y Hogan

posthumanismo se entiende en dos sentidos. El primero, se trata del posthumanismo como una crítica contra el humanismo originado en el Renacimiento y su inherente antropocentrismo. El segundo, se refiere al posthumanismo como una reflexión sobre los aspectos constitutivos del ser humano (3).

Principalmente, el posthumanismo cuestiona las limitaciones de la noción del ser humano, actualmente caracterizada por las ideas centristas, jerárquicas, dualistas y exclusivistas. Por ejemplo, en la historia occidental, la humanidad se define bajo el sexismo, el racismo, el clasismo, el edadismo, la homofobia, el analfabetismo y otros modos de discriminación (Ferrando 5). La metodología posthumanista, en vez de ser jerárquica, dualista y exclusivista, está apoyada en el reconocimiento y la inclusión de la homogeneidad del Otro humano y no-humano. Con ello, pretende suprimir la superioridad, la primacía, el estatus privilegiado y central humano en la definición del ser humano y su visión del mundo. Se trata de un esfuerzo de redefinir la humanidad de forma integral, incluyendo las diversas voces humanas y fundamentada en el reconocimiento de la interconexión humana con los seres no-humanos.

El postulado posthumanista, como resume la filóloga María Ferrández San Miguel, trata de la transformación de la subjetividad e identidad humana mediante la integración de la otredad. Eso da como resultado la hibridación y el desmantelamiento del concepto de ser humano ("Appropriated Bodies" 31). El posthumanismo camina sobre dos piernas: las relaciones ontológicas y metafísicas entre los seres humanos y no-humanos (Ferrández San Miguel, "Ethics" 472). El realismo agencial, propuesto por la física y teórica feminista Karen Barad, se encaja en el posthumanimo al reivindicar la agencialidad compartida por toda la sustancia. Dado el giro posthumanista, las humanidades ambientales contribuirán a la redefinición de *homo sapiens* e intentan contribuir a la solución de la crisis ecológica desde la perspectiva humanística. La ampliación del horizonte geográfico, temporal, cultural y disciplinar en las humanidades ambientales atenuarán la tendencia eurocéntrica y americanista de la ecocrítica, entendida en términos generales como el estudio cultural o literario. La ecocrítica, correspondiendo a la tarea de la redefinición de los seres humanos y sus relaciones con la naturaleza, se responsabilizará de articular las voces diferentes, minoritarias, silenciadas y remotas tanto geográfica como temporalmente.

1.1.2 La ecocrítica en China

A nivel internacional, hay una curiosidad por la literatura clásica y la filosofía tradicional china, sobre todo el taoísmo y el confucianismo. Según Slovic, además de los Estados Unidos, la comunidad ecocrítica en China es posiblemente la mayor del mundo. Este mismo autor a propósito de los estudios ecocríticos publicados en inglés, menciona dos contribuciones

印第安
生态文学
西尔科与
霍根的反思

Literatura ecológica indígena reflexiones de Silko y Hogan

importantes: el número especial 21.4 de *ISLE* en 2014 y *The Ecological Era and Classical Chinese Naturalism: A Case Study of Tao Yuanming* (2017) del pionero en ecocrítica china Shuyuan Lu. Según él mismo, estas aportaciones constituyen solamente la punta del iceberg de la ecocrítica en China ("New Developments" 15-16). A estos estudios en inglés me gustaría añadir uno más: *East Asian Ecocriticisms: A Critical Reader* (2013) editado por Simon C. Estok y Won-Chung Kim. Este libro dedica dos secciones a la ecocrítica china.

En términos generales, antes de 2010, la ecocrítica china muestra una preocupación por el dominio de teorías anglófonas y la pérdida de la voz china en dicho campo académico. A nivel nacional, Zhihong Hu, uno de los ecocríticos pioneros que introducen la ecocrítica anglófona a China, indica que los ecocríticos chinos muestran una preocupación por la posible afasia cultural frente a la ecocrítica anglófona (387). Por ejemplo, Xiaohua Wang, importante ecocrítico, plantea la cuestión de la legitimidad de la ecocrítica en China (36-37). Yuntuan Li indica que hay un doble préstamo directo y completo en la ecocrítica china (229-231).

Ambos postulados critican la aplicación directa de las teorías y perspectivas anglófonas a los textos chinos. Chang Liu y Timo Müller muestran la preocupación de que los ecocríticos chinos sigan al pie de la letra los ecocríticos occidentales (365). Estas opiniones coinciden en apuntar a la adaptabilidad de las teorías, los conceptos, el vocabulario y los parámetros analíticos occidentales a los textos y contextos chinos. Además, también hay un problema de traducción.

Se puede hablar de dos corrientes en la ecocrítica de China. Por un lado, está la ecocrítica que se fundamenta en la traducción de las teorías anglófonas y el análisis de los textos ingleses. La historia de esta corriente comienza en 2001. Entre los sucesos que destacan el inicio de la corriente se encuentran la celebración del seminario titulado "Globalization and Ecocriticism" en la Universidad Tsinghua en Beijing, la traducción por primera vez del término *ecocriticism* al chino: shengtai piping[1] en el libro *New Literary History I*, editado por Ning Wang. En 2003, *Euro-American Ecoliterature* de Nuo Wang salió a la luz.

En su *Euro-American Ecoliterature*, Nuo Wang introduce sistemáticamente la ecocrítica y los textos representativos de la literatura de naturaleza anglófona. Esta obra académica es muy citada por los ecocríticos chinos. Establece la melodía principal de la ecocrítica en China a principios del siglo XX: el predominio de teorías y textos literarios anglófonos a través de la traducción (Li 229; Liu y Müller 367; X. L. Wang 122-123). Es precisamente esta corriente la que ha dado nombre a la ecocrítica en China, que antes se conocía como shengtai wenyixue (la investigación ecológica sobre la literatura y el arte).

De hecho, la ecocrítica china, pese a la adopción del término inglés, se inició con la crítica literaria aplicada

---

[1] Shengtai significa ecología y piping, crítica literaria.

> **印第安
> 生态文学**
> 西尔科与
> 霍根的反思
>
> Literatura ecológica
> indígena
> reflexiones de Silko y Hogan

a la literatura ecológica china, cuyo origen se remonta a la década de 1970 cuando la crisis ecológica se vino agravando. En la década de 1990, Shuyuan Lu ejerció la labor pedagógica y académica indagando sobre las teorías ecocríticas aplicables a la literatura clásica china. Esta es la otra corriente de la ecocrítica en China. Su monografía en chino *Ecological Research in Literature and Art* (2000) es fundamental para la praxis ecocrítica originada en el contexto chino.

Hay otras importantes obras académicas (en chino) de esta ecocrítica que se aplica a la literatura china, por ejemplo, *Introduction to Ecological Aesthetics* (2010)[1] de Fanren Zeng y *Ecological Aesthetics* (2000) de Hengchun Xu. Generalmente hablando, las dos corrientes de ecocrítica están confluyendo, sobre todo debido a la acelerada crisis ecológica.

En cuanto al análisis sobre las obras literarias contemporáneas chinas, la ecocrítica ha seguido la evolución de las obras literarias con temas ecológicos, lo que se denomina en China como la literatura ecológica. La literatura testimonial *Beijing shiqu pingheng* (*Beijng pierde su equilibrio*) (1986) de Shaqing Li es considerada la primera obra de literatura ecológica contemporánea. Por eso, a diferencia de la ecocrítica anglófona de la primera ola, que enfoca la literatura de naturaleza estadounidense, las novelas testimoniales

---

[1] La monografía está traducida al inglés con el mismo título y fue publicada en 2019.

con temas ecológicos han obligado a los ecocríticos chinos a fijarse en las zonas contaminadas y el deterioro medioambiental.

A pesar de dicha diferencia, la no-ficción constituye el principal *corpus* de estudio de la ecocrítica en su fase de desarrollo inicial en el mundo anglófono y también en China. Las cuestiones medioambientales más escritas por las novelas testimoniales son, por ejemplo, la contaminación de los ríos Yangtsé, Amarillo y Huai, la explosión demográfica, la extinción de especies animales como antílope y tigre del Amoy, la deforestación y la desertificación. Desde la década de 1990, han ido apareciendo poesías y novelas que abordan el tema ecológico.

En términos generales, desde 2010, la ecocrítica en China se encuentra en una fase de acelerado desarrollo con las teorías chinas establecidas, el incremento de análisis comparativos entre la literatura china y extranjera, sobre todo, el estudio de la conciencia de la Comunidad de Destino de la Humanidad en los textos extranjeros. No obstante, la ecocrítica en China presenta los siguientes problemas:

Primero, falta un método interdisciplinar.

Segundo, pese a que según Slovic, la ecocrítica en China ha florecido en las cuatro olas ("New Developments" 19), la ecocrítica de justicia medioambiental en China está menos desarrollada. No obstante, cabe destacar algunos estudios que tratan dicho tema. En el quinto capítulo de su *The Specter of Tao Yuanming*, Lu menciona

> 印第安
> 生态文学
> 西尔科与
> 霍根的反思

Literatura ecológica indígena
reflexiones de Silko y Hogan

la injusticia social contra los trabajadores migrantes rurales. Hay varios análisis ecocríticos con el enfoque de justicia medioambiental sobre las novelas y poesías chinas en inglés. Xiaojing Zhou analiza la poética de Xiaoqiong Zheng, un trabajador migrante, y trata el tema de justicia medioambiental en términos de las condiciones de trabajo.

Tercero, la ecocrítica presenta los dualismos de lo moderno/tradicional y lo pasado/presente (Hu 388-390; X. H. Wang 36-37). Muchos ecocríticos tienden a considerar la crisis medioambiental como un problema reciente, es decir, resultante de la modernización e industrialización. Así, consideran el antropocentrismo y el desarrollo industrial como culpables de la crisis medioambiental (Hu 390; X. H. Wang 37). De hecho, la cultura tradicional china, con su mayor representante el confucianismo, contiene aspectos tanto ecológicos como antiecológicos.

En *Chinese Environmental Humanities: Practices of Environing at the Margins* (2019), la editora del volumen, Chia-ju Chang, propone dos conceptos de utilidad para las humanidades ambientales chinas (abreviadas en inglés como CEH): uno más "fuerte" ("strong") y el otro "débil" ("weak") (7). Según Chang, las CEH fuertes son practicadas por los humanistas chinos que usan teorías chinas; la variante más débil hace referencia a un área académica donde se combinan lo chino y occidental. Este último, según Chang, trata de las humanidades ambientales desde la perspectiva de la cultura China (7).

Apunta Chang que las dinámicas entre estas dos

corrientes permanecerán por algún tiempo (6-8). Sin embargo, la praxis intelectual de la autora, en la colección de 2019 sugiere un camino para resolver el dilema occidental/chino. En vez de emplear directamente el concepto occidental de "medioambiente", Chang lo rellena con el contenido chino y desarrolla un nuevo concepto: "environing" ("ecologizar") (12).

El término medioambiente se traduce a huanjing en chino. En chino, huan, un verbo, significa rodear y cercar. Jing, es un sustantivo, que se refiere a la tierra o el territorio. Para Chang, huanjing, como verbo, es una práctica material de modificar, manejar y construir artificialmente un entorno o una tierra. En este proceso de *environing*, participan la epistemología, la política, la identidad, la estética y la ética.

Huanjing, sirve para examinar las mentalidades dualistas y las prácticas de exclusión de los seres tanto humanos como no-humanos. También sugiere que el huanjing es un proceso ilustrativo para desarrollar un sentido de inclusión y cuidado. Ecologizar, en vez de hacer referencia exclusivamente al establecimiento de más fronteras, puede entenderse como un proceso de incorporar la voz marginada e incluir las liminalidades en el discurso. Eso es lo que Chang denomina "ecologizar desde el margen" ("environing at the margins") (11-14).

En 2013, dados el americanismo y el eurocentrismo de la ecocrítica anglófona, Buell expresó sus expectativas sobre el desarrollo de la ecocrítica en los países en vías de desarrollo ("Ecocriticism" 99). Nixon también defiende

> 印第安
> 生态文学
> 西尔科与
> 霍根的反思　Literatura ecológica indígena reflexiones de Silko y Hogan

una deconstrucción de la mentalidad centro-periferia en la ecocrítica estadounidense (*Slow Violence* 258). En una de sus obras pioneras, Joni Adamson propone el concepto del "lugar intermediario" ("middle place").

Según la filosofía ecológica de las tribus nativo-americanas, la naturaleza, en vez de ser inmaculada y prístina, es el espacio donde los seres humanos interactúan con los seres no-humanos (*American Indian Literature* 47-50). Fundamentada en esta filosofía, Adamson propone el lugar intermediario para deconstruir el dualismo seres humanos/naturaleza y cultural/naturaleza (48). Con el lugar intermediario, como el "contested terrain where interrelated social and environmental problems originate"(XVⅱ), Adamson revindica incorporar la dimensión humana y social de la cuestión ecológica. El lugar intermediario, también es un espacio de comunicación dialéctica donde se comunican las diversas culturas y un terreno común donde los grupos sociales colaboran (156-158).

Combinando el concepto de lugar intermediario propuesto por Adamson con ecologizar desde el margen acuñado por la filóloga Chia-ju Chang, espero que este estudio sirva como un espacio intermediario, es decir, un "tercer espacio" ("third space"), donde los Otros articulan su voz, comunican y forman una armonía más elocuente para desmantelar el etnocentrismo, el antropocentrismo y la mentalidad dualista.

1.2 El movimiento de justicia medioambiental

En *El ecologismo de los pobres*, Joan Martínez-Alier distingue tres corrientes del movimiento ecologista bajo una perspectiva global: el "culto a lo silvestre", el "evangelio de la ecoeficiencia" y el "ecologismo de los pobres" (22). El "culto a lo silvestre" defiende la naturaleza inmaculada y la conservación de la vida silvestre, no por motivos materiales, sino por el amor hacia la belleza natural y la apreciación del valor intrínseco de la naturaleza. Esta rama del ecologismo se inició en los Estados Unidos hace más de cien años con John Muir y Sierra Club. Sin embargo, en vez de ser exclusivo de los Estados Unidos o los países del Norte, el culto a lo silvestre irradia "desde capitales del Norte como Washington y Ginebra hacia África, Asia y América Latina" (25).

La mayor preocupación de la segunda corriente, el "credo de la ecoeficiencia", o el "evangelio de la ecoeficiencia", es el crecimiento económico garantizado por un uso sostenible, eficiente y razonado de los recursos naturales. Según Martínez-Alier, pese a que la segunda corriente es más predominante globalmente, en muchos casos, el culto a lo silvestre y el evangelio de la ecoeficiencia confluyen reforzándose uno al otro (*El ecologismo de los pobres* 31-33).

La tercera rama, la "justicia ambiental" o el "ecologismo de los pobres", hace referencia a una

> 印第安
> 生态文学
> 西尔科与
> 霍根的反思

Literatura ecológica indígena
reflexiones de Silko y Hogan

miríada de EDCs[1] a nivel local, regional, nacional y global. Según Martínez-Alier, los activistas de esta tercera corriente formulan muy distintos lenguajes que en la mayoría de las veces no suenan "ecologistas" (34). Existe, por ejemplo, el derecho territorial indígena[2], la soberanía alimentaria propuesta por la organización ecologista Vía Campesina, la justicia de agua propuesta por las organizaciones de justicia medioambiental en América Latina, entre otros (Martínez-Alier *et al.* 10-12).

Según Martínez-Alier, debido a los lenguajes ecologistas no "convencionales", la tercera rama

---

[1] *ecologial distribution conflicts*

[2] Pese a que el término "indígena" es muy utilizado y aceptado internacionalmente, en diferentes países se emplean diferentes vocabularios. En los Estados Unidos, se utilizan "indio" y "nativo-americano". En Canadá se emplea las "primeras naciones", en Australia, los "aborígenes" y en Hispanoamérica, los "indios" o los "pueblos originarios". Pese a estas diferencias de expresión, estos conceptos coinciden en hacer referencia a los grupos nativos de las Américas y Australia antes de la llegada de los colonizadores europeos. Por eso, se tratan de términos matizados por el colonialismo. Este matiz colonialista ha caracterizado el significado de "indígena", a pesar de que hoy en día, la definición del pueblo indígena es abierta y no está relacionada necesariamente con la sangrienta historia colonial. En este libro, se utilizan "nativo-americano" y "indígena" en el caso estadounidense. Además, dado el discurso racial de la justicia medioambiental en los Estados Unidos, es inevitable usar los términos como "blancos" y "euroamericanos" para hacer referencia a los descendientes europeos estadounidenses, y "personas de color", para los grupos minoritarios étnicos como los afroamericanos, los chicanos, los latinos, los americanos asiáticos, los nativo-americanos, entre otros.

ecologista no fue reconocida hasta los años ochenta, por lo cual se trata de un movimiento de "hace un siglo y también de hace apenas pocos meses" (*El ecologismo de los pobres* 38). En 2015, inspirado por *Toxic Wastes and Race*, Martínez-Alier propuso la iniciativa de un mapa en el que se irían registrando visualmente los EDCs por el mundo, denominado como el Atlas Global de Justicia Ambiental (EJAtlas).

Hasta el febrero de 2021, con los 3358 casos registrados en el EJAtlas, uno puede decir que hay un movimiento global que se encuentra formándose día a día. La globalización del movimiento de justicia medioambiental, en vez de ser la globalización al estilo estadounidense, está ocurriendo horizontalmente por el mundo y también verticalmente englobando todo tipo de cuestiones medioambientales, por ejemplo, los acuerdos comerciales, el traslado de los residuos tóxicos, el cambio climático y los derechos de la naturaleza (Temper, Del Bene y Martínez-Alier 258).

En las siguientes secciones se va a explicar brevemente tres de los movimientos que forman parte del movimiento de justicia medioambiental global: el movimiento de justicia medioambiental en los Estados Unidos, el movimiento indígena-popular en los Andes y el indigenismo (el movimiento indígena internacional).

> 印第安
> 生态文学
> 西尔科与
> 霍根的反思

Literatura ecológica
indígena
reflexiones de Silko y Hogan

1.2.1 El movimiento de justicia medioambiental en los Estados Unidos

El movimiento de justicia medioambiental en los Estados Unidos se observa como un ecologismo popular liderado por personas racializadas y de clase obrera y tuvo su auge a finales de la década de 1970. Los activistas asociados a este ambientalismo luchan contra los daños desproporcionados de la contaminación, localizados en sus comunidades y lugares de trabajo.

Este movimiento ecologista de carácter popular, o sea *grassroot*, se distingue de otros ecologismos convencionales estadounidenses. Una de estas formas tradicionales se puede ver en el ecologismo enfocado en la conservación ecológica, con su fundador John Muir y la organización ecologista Sierra Club, que pretende preservar la naturaleza salvaje, inmaculada y prístina para la contemplación pública. Esta rama del ecologismo reconoce el valor intrínseco de la naturaleza tal como lo revindica Aldo Leopold con su ética de la tierra. En dicha corriente, predominan las imágenes de los ecologistas ricos como los amantes de la naturaleza, mochileros observadores de aves y los excursionistas (Shrader-Frechette 5).

La otra rama del ecologismo tradicional estadounidense, con su mayor representante siendo Gifford Pinchot, en vez de apreciar el valor intrínseco o la belleza de la naturaleza, la evalúa en términos económicos. Dicha rama ecologista ve la naturaleza como recursos o capitales naturales indispensables para el crecimiento económico. Así, procura el manejo científico, el uso sostenible y razonable de los recursos naturales para satisfacer el crecimiento futuro y remediar la degradación ecológica resultante del desarrollo económico. Pese a sus posiciones antagónicas, ambas ignoran la dimensión social y humana de la cuestión medioambiental.

El movimiento de justicia medioambiental estadounidense, como una tercera corriente ecologista (Martínez-Alier, *El ecologismo de los pobres* 218), plantea que las personas de color y la clase obrera con bajos ingresos —en su mayoría blancos— sufren una mayor carga medioambiental debido a los factores de las injusticias sociales como el racismo, el sexismo y la explotación contra la clase obrera. Esta asimetría de poder racial, de género y de clase social resulta en la localización —sancionada por la autoridad— de los riesgos ambientales como los vertidos tóxicos en las comunidades habitadas por dichos grupos desfavorecidos.

Así pues, el movimiento de justicia medioambiental se distingue explícitamente de los ecologismos convencionales en los siguientes aspectos: en vez de definir la naturaleza como una tierra salvaje, los activistas de base la ven como el lugar donde los seres humanos viven, juegan y trabajan (Schlosberg, *Environmental Justice* 114). El activismo ambientalista popular extiende el concepto de la "cuestión ecológica" abarcando los asuntos relacionados con la justicia social, por ejemplo,

> 印第安
> 生态文学
> 西尔科与
> 霍根的反思

Literatura ecológica indígena
reflexiones de Silko y Hogan

el empleo, la educación, la vivienda, los servicios médicos, las condiciones de trabajo, la salud laboral y pública (116-117). La demanda principal del movimiento de justicia medioambiental es la distribución justa de los bienes y males medioambientales (Schlosberg, *Environmental Justice* 119).

En definitiva, como movimiento social, el movimiento de justicia medioambiental se distancia de los ecologismos convencionales revindicando la dimensión humana del problema medioambiental e incorporando las cuestiones de justicia social a su proyecto ecologista.

El movimiento de justicia medioambiental estadounidense es una reacción política y una movilización social contraria a la distribución desigual de las ventajas y cargas medioambientales[1]. El movimiento de justicia medioambiental estadounidense es un tipo del conflicto ecológico distributivo, con sus siglas en inglés EDC. Según los economistas Leah Temper, Daniela Del Bene y Joan Martínez-Alier, el EDC hace referencia a una acción colectiva dirigida por las comunidades locales afectadas por la polución y el deterioro ecológico, causado por el metabolismo social (*social metabolism*).

---

[1] Las cargas medioambientales, hacen referencia a los riesgos potenciales de sufrir daños de contaminación como el envenenamiento del aire, la tierra, el agua y los alimentos debido a la contaminación radioactiva, el vertido de residuos tóxicos y el uso de pesticidas. Las ventajas medioambientales se refieren al aire, agua, alimento limpio y los servicios sociales relacionados con los recursos naturales.

Esencialmente, se trata de un conflicto sobre la distribución desigual de los bienes y males ecológicos basado en el acceso no equitativo a los recursos naturales y otros servicios sociales vinculados a los recursos naturales y la exposición desproporcionada a los riesgos y peligros medioambientales, como las sustancias tóxicas en las tierras, aire, alimentos y agua. Según Temper *et al.* estas desigualdades medioambientales son consecuencias de las relaciones dispares de poder entre la raza, el género, la clase social y su interseccionalidad (574-575).

Como señala el politólogo David Schlosberg, las dos exigencias fundamentales del movimiento de justicia medioambiental residen en la distribución justa de las ventajas y cargas medioambientales y una participación política más inclusiva (*Environmental Justice* 119). Una motivación directa del movimiento de justicia medioambiental estadounidense yace en la exclusión de las personas de color y en el liderazgo de las organizaciones ecologistas convencionales (Schlosberg, *Environmental Justice* 13).

De hecho, también hay una exclusión de las personas de color en los procesos de toma de decisión sobre la gestión de los recursos naturales en general. A consecuencia de esta exclusión política de carácter racista surge la autorización oficial de la localización intencionada de vertidos tóxicos en las comunidades habitadas por las personas de color, un acto entendido como un sacrificio ecológico sistemático de determinados grupos sociales fundamentado en una mentalidad racista.

Esto es lo que el líder afroamericano de derechos civiles Benjamin Chavis denomina el racismo medioambiental:

> Environmental racism is racial discrimination in environmental policymaking. It is racial discrimination in the enforcement of regulations and laws. It is racial discrimination in the deliberate targeting of communities of color for toxic waste disposal and the siting of polluting industries. It is racial discrimination in the official sanctioning of the life-threatening presence of poisons and pollutants in communities of color. And, it is racial discrimination in the history of excluding people of color from the mainstream environmental groups, decisionmaking boards, commissions, and regulatory bodies. (3)

Tal como señala Schlosberg, "The movement's concern with political participation and more open policy-making processes is central: justice is seen as an issue of equity and of recognition." (*Environmental Justice* 13)

Según apunta la filósofa Kristin Shrader-Frechette, la injusticia medioambiental ocurre "whenever some individual or group bears disproportionate environmental risks, like those of hazardous waste dumps, or has unequal access to environmental goods, like clean air, or has less opportunity to participate in environmental decision-making" (3). De hecho, como observa Schlosberg, la distribución injusta de bienes y males ambientales ha existido a lo largo de la historia humana pudiendo remontarse a la antigua Grecia y Roma (*Environmental Justice* 46).

Hablando sobre el movimiento de justicia medioambiental estadounidense, Guha y Martínez-Alier señalan que la racialización de las luchas sociales incentivadas por la desigual distribución ecológica, o sea la formulación de un EDC en un lenguaje racial, no es una novedad en la historia humana (32).

La Primera Cumbre para el Liderazgo Nacional Ambientalista de Personas de Color (*First National People of Color Environmental Leadership Summit*) en 1991 marcó la historia oficial del movimiento de justicia medioambiental estadounidense (Di Chiro 101). Los más de 600 líderes activistas procedentes de 300 ONGs ecologistas acudieron a Washington DC y entre todos elaboraron un manifiesto conocido como los 17 principios de la justicia medioambiental[1], que definen en qué consiste la justicia medioambiental.

En cuanto a la distribución, el manifiesto exige la distribución justa de los bienes y males medioambientales, incluyendo la protección adecuada e igualitaria contra los posibles riesgos medioambientales (cláusula 4), la

---

[1] Las cláusulas de los 17 principios en español citadas en el presente libro proceden de una versión modificada y revisada por Flys Junquera en su "Literatura, crítica y justicia medioambiental" (93-95).

▶ 印第安
生态文学
西尔科与
霍根的反思

Literatura ecológica
indígena
reflexiones de Silko y Hogan

correspondiente compensación de los daños causados por la contaminación, el igual acceso a los recursos disponibles y los servicios de salud (cláusula 9), el cese y la limpieza de la producción —tanto pasada como actual— tóxica en las comunidades locales (cláusula 6).

El manifiesto también revindica el aspecto participativo de la justicia exigiendo el derecho a la participación política en cuanto a la gestión ambiental (cláusula 7), el derecho a la información y al previo consentimiento (cláusula 13) y el respeto a la diversidad cultural en la reconstrucción de las comunidades (cláusula 12). Los 17 principios correlacionan la cuestión medioambiental con la justicia social.

La justicia social, se entiende en términos generales como la dignidad, el bienestar y la igualdad humana, y, en concreto, la distribución justa de los recursos, servicios y oportunidades sociales. Este concepto no fue aceptado como un consenso universal antes de ser codificado en las leyes internacionales, en concreto, el derecho internacional de los derechos humanos proclamado por la ONU[1].

El manifiesto de los 17 principios exige la "autodeterminación política, económica, cultural y ambiental

---

[1] Después de la Primera Guerra Mundial, la Organización Internacional del Trabajo (OIT) incorporó el concepto de "justicia social" en su Constitución definiéndolo como uno de los elementos fundamentales para la paz universal. Según la ONU, la justicia social, como un sucedáneo de la protección de los derechos humanos, "first appeared in United Nations texts during the second half of the 1960s" y "was used in the Declaration on Social Progress and Development, adopted in 1969" (52).

de todos los pueblos" (cláusula 5), la no discriminación de "todas las personas" en la política pública (cláusula 2), la "protección universal" contra la exposición a elementos tóxicos (cláusula 4) y el "derecho de todos los trabajadores a un ambiente de trabajo seguro y saludable" (cláusula 8). Todas estas exigencias no son sino los mismos derechos humanos internacionales proclamados por la ONU, que otorga la justicia social un "essential status that must be respected universally" (Sikor y Newell 153).

De hecho, la historia del "reciente renacimiento" (Harvey 475) del ecologismo de base estadounidense, como un EDC, ya se había iniciado una década antes de La Primera Cumbre para el Liderazgo Nacional Ambientalista de Personas de Color, en 1991. Pese a que la cumbre presenta un discurso de justicia medioambiental racializado, el origen del ecologismo popular, como afirma Schlosberg, es dual con dos incidentes concretos: la campaña antitóxica de las comunidades de clase obrera con el caso de Love Canal en 1978 y el movimiento ecologista liderado por las personas de color con el caso de Warren County en 1982 (*Defining Environmental Justice* 48).

En la protesta popular de Love Canal, los habitantes de clase obrera que vivían en la urbanización de Buffalo, Nueva York, descubrieron que sus casas se habían construido sobre un vertedero tóxico del que emanaban líquidos peligrosos para la salud humana, sobre todo, para los niños. En 1981, la organizadora de la protesta ecologista, Lois Gibbs fundó The Center for

> 印第安
生态文学
西尔科与
霍根的反思

Literatura ecológica
indígena
reflexiones de Silko y Hogan

Health, Environment and Justice (CHEJ), cuyo objeto principal fue la exigencia de la información básica y el ofrecimiento de apoyo técnico y organizador a las comunidades amenazadas por los peligros tóxicos.

En 1982, los habitantes afroamericanos de Warren County, Carolina del Norte organizaron la protesta ambientalista contra la instalación de un vertido de tierra contaminada con PCB (policlorobifenilos). Esta protesta marcó un hito, porque fue la primera vez que los grupos de derechos civiles colaboraron con los ecologistas en las entrelazadas cuestiones sociales y medioambientales.

Este movimiento social fue empoderado e intensificado por estudios académicos publicados en 1980—1990, los cuales concluyeron que, estadísticamente, aquellos ciudadanos de clases más bajas y, sobre todo, las personas racializadas suelen exponerse a mayores daños y cargas ecológicas (Schlosberg, *Defining Environmental Justice* 47).

En 1987, la Commission for Racial Justice de United Church of Christ[1] publicó *Toxic Wastes and Race in the United States: A National Report on the Racial and Socio-Economic Characteristics of Communities with Hazardous Waste Sites*. Según el informe, la raza ha sido un importante factor para determinar la ubicación de los vertederos de residuos tóxicos comerciales. Es por esto que las comunidades con un mayor porcentaje de personas de color son más propensas a la instalación de

---

[1] Benjamin Chavis fue en aquel entonces director de la comisión.

un vertedero. Así, se determinaba que las comunidades afroamericanas e hispánicas sufren una mayor exposición a los elementos tóxicos (23). Este informe de 1987 catalizó el pujante desarrollo del activismo ecologista liderado por las personas de color. El movimiento de justicia medioambiental estadounidense padece dos problemas: un enfoque exclusivo en la cuestión étnica/racial y una falta de consideración sobre el imperialismo ecológico implicado por las políticas exteriores de los Estados Unidos.

Primero, el Movimiento por los Derechos Civiles de la década de 1960 ha aportado una nueva dinámica al ecologismo estadounidense girando su enfoque en la conservación y preservación de la naturaleza salvaje, vinculando la cuestión ecológica con la justicia social y ofreciéndole al movimiento de justicia medioambiental un lenguaje muy potente en los Estados Unidos: el racismo. Sin embargo, el ambientalismo popular estadounidense, al levantar la bandera de lucha del racismo medioambiental, presenta un punto ciego sobre el factor de la clase social (Martínez-Alier, *El ecologismo de los pobres* 220). Dada la rectitud política y los mecanismos sociales antirracistas en los Estados Unidos, el lenguaje del racismo medioambiental ha sido muy eficaz. No obstante, esta estrategia tendría pocas repercusiones fuera del contexto estadounidense.

Segundo, una dimensión importante de la justicia medioambiental bajo la perspectiva global es Norte/Sur, donde el mecanismo del imperialismo ecológico traslada

▶ 印第安
生态文学
西尔科与
霍根的反思

Literatura ecológica indígena
reflexiones de Silko y Hogan

las cargas medioambientales desde el Norte Global hacia el Sur Global y transporta los recursos naturales del último al primero. Un ejemplo de este imperialismo ecológico estadounidense fue el desastre de Bhopal[1].

A pesar de que los movimientos de justicia medioambiental en el Norte y Sur Global han ocurrido independientemente, el contexto estadounidense ha promovido el desarrollo de un movimiento de justicia medioambiental internacional. Esta contribución no se limita al planeamiento del término de justicia medioambiental ni al carácter abarcador de los 17 principios. Las organizaciones de base estadounidenses han colaborado con los activistas en otros países.

Por ejemplo, en 1998, representantes activistas estadounidenses visitaron Brasil para establecer relaciones y colaboraciones con las organizaciones de base brasileñas a través del Foro Social Mundial (Acselrad 111-112). Con estos primeros contactos, una relectura académica de las experiencias estadounidenses fue publicada por la ONG brasileña IBASE, unión

---

[1] El 3 de diciembre de 1984, una fuga tóxica tuvo lugar en una fábrica de plaguicidas en la región Bhopal, India. La multinacional estadounidense, Union Carbide, fue responsable del incidente. A pesar de la muerte masiva e instantánea de muchas personas en el desastre, décadas después, los lugareños de Bhopal continúan sufriendo los impactos del suceso, viviendo expuestos al aire venenoso y consumiendo el agua contaminada. La indemnización pagada por Union Carbide solamente cubre los gastos médicos de muy pocos afectados a corto plazo. Después de la fusión de esta empresa con la multinacional Dow Chemical, la última se ha negado a responsabilizarse del incidente ocurrido. Para un análisis de ecocrítica poscolonial sobre el evento, véase Nixon (*Slow Violence* 45-67).

obrera CUT y el grupo investigador IPPUR/UFRJ. Como señala el politólogo Henri Acselrad, a pesar de que la serie *Unionism and Environmental Justice* (2000) tuvo una circulación limitada, despertó discusiones de los académicos y ONGs y eso condujo a la organización del seminario titulado "International Environmental Justice and Citizenship" en 2001, en Niteroi, Brasil.

En dicho seminario en el que participaron representantes de organizaciones *grassroots* y académicos, tanto brasileños como estadounidenses, incluido el sociólogo Robert D. Bullard, se crearon diez redes de coaliciones para el movimiento de justicia ambiental en Brasil y una declaración de justicia ambiental adaptada al contexto brasileño.

Además de esto, el giro del enfoque de trabajo a la colaboración internacional de las organizaciones estadounidenses como Indigenous Environmental Network (IEN)[1] y Women and Life on Earth (WLOE) han promovido la proliferación del movimiento de justicia medioambiental a nivel internacional.

El ambientalismo *grassroot* y la praxis intelectual relacionada con ello en los Estados Unidos han sido los movimientos de justicia medioambiental autoconscientes

---

[1] Fundada en 1990 en los Estados Unidos, la organización sirve para construir la capacidad de las comunidades y gobiernos tribales estadounidenses, en torno a las cuestiones de justicia medioambiental. Ofrece ayudas como la asistencia técnica, los cursos de formación sobre la administración de organización, los consejos para desarrollar iniciativas y guías para la construcción de alianzas entre las diversas corporaciones y comunidades étnicas, indígenas, feministas, religiosas, juveniles y laborales. En los últimos años, ha ampliado su agenda de trabajo al nivel internacional.

más tempranos. En este sentido, adelantan lo que actualmente se conoce como la justicia medioambiental en la praxis ecosocial y el campo académico.

1.2.2 El movimiento indígena-popular andino

En su "Cosmopolítica indígena en los Andes: reflexiones conceptuales más allá de la 'política'" (2020)[1], la antropóloga de origen peruano Marisol De la Cadena señala que, desde principios del siglo XXI, paralelamente al movimiento indígena-popular[2], tan poderoso en los Andes, se está dando una creciente presencia del mundo natural en los escenarios políticos. La "libación a la tierra", la ceremonia religiosa que rinde culto al "ser-tierra"[3], se convierte en una rutina antes de la inauguración de los eventos políticos, por ejemplo, la Guerra del Agua en 2000 y la Guerra del Gas en 2003 en Bolivia (279).

---

[1] Se trata de la versión en español de su propio artículo publicado en 2010 en inglés: "Indigenous Cosmopolitics in the Andes: Conceptual Reflections Beyond 'politics'."

[2] En su artículo "Source of life", Adamson denomina este movimiento indígena como un "movimiento cosmopolítico" ("cosmopolitical movement") (254).

[3] En su investigación, con la "libación a la tierra", Marisol De la Cadena hace referencia a los ritos religiosos que rinden culto a la naturaleza. El término utilizado por De la Cadena, "ser-tierra" es parecido al concepto de "ser sintiente", es decir, seres con sintiencia capaces de experimentar sensaciones y percibir. Sin embargo, ser-tierra no es suficientemente inclusivo, por ejemplo, excluye a los seres marinos. Por eso, es aconsejable emplear ser sintiente, que es más abarcador e inclusivo. En el presente libro, se prefiere usar la expresión ser sintiente en vez de ser-tierra.

Los seres no-humanos también se convierten en sujetos políticos de una serie de derechos estipulados por algunas constituciones nacionales y acuerdos internacionales. Por ejemplo, el capítulo 7 de la Constitución de la República del Ecuador de 2008 afirma el derecho a la vida, la reproducción y la regeneración de la naturaleza, un ser sintiente conocido en Ecuador como Pachamama. La Declaración Universal de los Derechos de la Madre Tierra, elaborada tras la Conferencia Mundial de los Pueblos sobre el Cambio Climático y los Derechos de la Madre Tierra 2010 en Cochabamba, Bolivia, afirma el derecho fundamental de la naturaleza. Por ejemplo, la Madre Tierra tiene derecho a estar libre de contaminación, a mantener íntegra su identidad como un ser vivo independiente y su funcionamiento saludable, y a recibir restauración plena y pronta.

Los conceptos como el ser-tierra utilizado por De la Cadena, la Pachamama, el ser vivo y la Madre Tierra, hacen referencia a la naturaleza conceptualizada bajo la cosmovisión indígena. En vez de percibir la naturaleza como un bien o capital, la cosmovisión indígena andina reconoce la existencia de la vida y el valor intrínseco en la naturaleza. Además, la ontología natural indígena reconoce el ser sintiente, como una fuente de vida humana y energía debido a las relaciones de mantener y ser mantenidos entre el ecosistema local y los seres humanos.

Es por esto que, bajo esta ontología, los seres sintientes son seres sagrados con quienes los seres humanos tienen que mantener relaciones en armonía.

> 印第安
生态文学
西尔科与
霍根的反思

Literatura ecológica indígena
reflexiones de Silko y Hogan

La Pachamama y la Madre Tierra no se entienden en términos del género, tampoco hacen referencia a un lugar geográfico específico, sino que simbolizan una entidad viva autoregulada, regeneradora y mantenedora de los otros seres vivos que las componen. Esta percepción indígena de la naturaleza como un organismo vivo, autoregulado e interactivo encuentra un pseudoequivalente en los campos de producción de conocimiento occidentales, como la hipótesis de Gaia. La concepción indígena es ilustrativa al destacar la agencialidad humana en el mantenimiento del equilibrio del planeta. Por tanto, la naturaleza como una fuente de vida y energía sagrada es reconocida por diferentes comunidades indígenas en sus interacciones con el ecosistema local. Como apunta esta investigadora, los seres sintientes tienen "fisonomías individuales más o menos conocidas por los individuos involucrados en interacciones con ellos" (284).

Según Adamson, la formula indígena de ser sintiente está verificada científicamente por la etnografía multiespecie. Según esta ciencia, los seres no-humanos, en vez de estar pasivamente representados, son capaces de representar con su propio sistema semiótico. Debido a esto, citando a Kirksey y Helmreich, Adamson indica que, los seres no-humanos, como los árboles, raíces y hongos deberían considerarse como sujetos con vidas biográficas y políticas ("Source of life" 255).

Según De la Cadena, la praxis política basada en la ontología indígena andina lleva a cabo lo que Isabel Stenger denomina la "cosmopolítica" ("cosmopolitics"), una política que permite la articulación de los múltiples y divergentes mundos no-humanos como por ejemplo, la Pachamama (citado en De la Cadena 289). La investigadora plantea una política pluriversal, que permite la proliferación de los múltiples universos habitados por los seres no-humanos, es decir, un pluriverso (o multiverso), en vez de un universo. Adamson, hablando sobre el movimiento cosmopolítico andino, indica que este posibilita un mundo multinatural ("Source of life" 254). Además explica que el multinaturalismo, un concepto acuñado por el antropólogo brasileño Eduardo Vivieros de Castro, hace referencia a un mundo habitado tanto por los seres humanos como no-humanos, que perciben la realidad con sus propias perspectivas. Debido a que diferentes seres, incluidos los seres humanos, animales, plantas, entre otros, tengan diferentes aparatos sensoriales, los mundos percibidos por ellos no solamente son multiculturales, sino que también multinaturales (citado en "Source of life" 261).

Según De la Cadena, una propuesta cosmopolítica, multiversal o multinatural, sirve para desaprender el razonamiento y poner en riesgo la ontología política actual. Con este desaprendizaje del raciocinio, el proyecto indígena andino, que exige un lugar para los seres no-humanos en la política, podría articularse, sería escuchado, respetado y considerado con la suficiente ponderación política en vez de ser descartado

> 印第安
生态文学
西尔科与
霍根的反思

Literatura ecológica indígena
reflexiones de Silko y Hogan

y discriminado como una superstición cultural o creencia religiosa (305). La propuesta cosmopolítica indígena podría implicar polémicas y ser negada, pero lo más importante es que el interés del ser sintiente sea defendido y sus voces, articuladas.

Fuera de la zona andina, un lenguaje político enfocado en la defensa del derecho de los seres no-humanos también tiene repercusiones en las comunidades indígenas por el mundo. Por ejemplo, más de 130 pueblos indígenas de Columbia Británica, Canadá firmaron la Declaración "Salvemos el [Río] Fraser" para impedir que debido a la construcción del oleoducto Northern Gateway "se pongan en riesgo nuestros peces, animales, plantas, personas" (citado en Klein 424).

En 1972, la Conferencia de las Naciones Unidas sobre el Medio Humano (también conocida como la Conferencia de Estocolmo) designó el 22 de abril como el Día Internacional de la Madre Tierra. La primera cláusula de los 17 principios de la justicia medioambiental también "afirma la santidad de nuestra madre tierra, la unidad ecológica y la interdependencia de todas las especies, y el derecho de vivir liberados de la destrucción ecológica" (citado en Flys Junquera, "Literatura" 94).

Hablando sobre los EDCs como un conflicto de valoración, Martínez-Alier sugiere un pluralismo de valores, donde no debe predominar solamente el criterio de coste-beneficio económico, sino que hay que tener en cuenta los plurales estándares de valoración y lenguajes (*El ecologismo de los pobres* 138-141). La sacralidad de la naturaleza y el derecho de los seres no-humanos fundamentados en la ontología indígena también debe formar parte de este pluralismo.

1.2.3 El indigenismo

En su *The Origins of Indigenism: Human Rights and the Politics of Identity* (2003) el antropólogo Ronald Niezen propone que el movimiento indígena internacional, o sea el indigenismo, es un movimiento cultural, basado en el renacimiento de la cultura tradicional e identidad indígena, y una movilización social y política que aspira a proteger los derechos de los "pueblos primitivos" del mundo.

Según este investigador, el indigenismo es un movimiento cultural que emana del renacimiento de la identidad indígena a nivel global como una reacción frente a los abusos llevados a cabo por los Estados-nación en coalición con las empresas. Entre los abusos contra los pueblos indígenas se encuentran: la construcción de megaproyectos y la extracción descontrolada de los recursos naturales en las tierras habitadas por los pueblos indígenas; el desplazamiento forzado; la pérdida del sustento de supervivencia; masacres secretas; la usurpación de la soberanía tribal; y la asimilación cultural.

Frente a todo eso, los pueblos indígenas padecen un "malestar cultural" ("cultural malaise"), caracterizado por una sensación de ilegitimidad, deshonroso sufrimiento, agravio, violación del honor y falta de autoestima. En

▶ 印第安
生态文学
西尔科与　Literatura ecológica
霍根的反思　indígena
　　　　　reflexiones de Silko y Hogan

respuesta al trauma y la crisis cultural, muchos colectivos indígenas, sobre todo, los intelectuales, comienzan a registrar sus culturas orales a bordo de la extinción a través de la escritura aprovechando las nuevas tecnologías de comunicación. La globalización ha intensificado la crisis de identidad indígena. Pero también mundializa las resistencias culturales indígenas a nivel local. Y entre todos configuran un movimiento cultural a nivel global (Niezen 2-12).

El campo de batalla del indigenismo suele tener lugar en las salas de reuniones, en la mayoría de los casos, en la sede de la ONU en Ginebra. Las luchas del indigenismo son pacíficas apoyadas en el derecho internacional de los derechos humanos. Los líderes indígenas que se presentan en las audiencias y los foros internacionales, sobre todo, el Foro Permanente para las Cuestiones Indígenas de la ONU, son hábiles estrategas y lobistas. Conocen las leyes internacionales, saben diseñar bien su *lobby* y aprovechar las nuevas tecnologías de comunicación.

El primer intento del *lobby* indígena internacional fue realizado en 1923 por Deskaheh, que acudió a la Sociedad de las Naciones con su memorial de "The Red Men's Appeal for Justice" para obtener el reconocimiento del derecho al autogobierno indígena de las Seis Naciones iroquesas en Canadá. Aunque la Sociedad de las Naciones rechazó su petición, pudo leer el memorial ante ciudadanos de Ginebra. La campaña de Deskaheh marcó un momento histórico en el que los indígenas intentaban elevar sus causas a la consideración internacional (Niezen 31-36). Otros casos famosos, según Niezen, fueron el *lobby* internacional hecho por el Gran Consejo de los Cree, Quebec, Canadá contra el proyecto hidroeléctrico de la Bahía James y los indígenas de U'we colombianos contrarios a la construcción de carretera en sus tierras ancestrales (Niezen 184).

La lucha jurídica indígena en el escenario internacional daría como resultado un sistema de derechos humanos más pluralizado. Un ejemplo notable ha sido la Declaración de las Naciones Unidas sobre los Derechos de los Pueblos Indígenas, 2007. A pesar de que no se trata de un instrumento coercitivo, es orientativo en la gestión de las cuestiones indígenas. A diferencia de la movilización indígena andina, que articula un lenguaje de la sacralidad de la naturaleza fundamentada en la ontología indígena, este indigenismo prefiere emplear un lenguaje legal de alto nivel: el derecho internacional de los derechos humanos. Pese a las diferentes opciones del lenguaje, la justicia social y la preocupación ecológica son temas comunes en las agendas políticas de ambos movimientos.

Teniendo en cuenta el pluralismo de valorización propuesto por Martínez-Alier, el racismo medioambiental en los Estados Unidos, el ecologismo de los pobres del Sur Global, la sacralidad del ser sintiente propuesta por la movilización indígena andina y el derecho humano e indígena empleado por el indigenismo, componen el vocabulario del lenguaje del movimiento de justicia medioambiental global.

> 印第安
> 生态文学
> 西尔科与
> 霍根的反思

Literatura ecológica indígena
reflexiones de Silko y Hogan

Schlosberg indica que diferentes grupos entienden y definen el concepto de "justicia" según sus propias identidades, experiencias, necesidades y la situación en la que se encuentran. Desarrollando la teoría de justicia propuesta por John Rawls, que enfoca exclusivamente el aspecto distributivo de la justica, los politólogos como Iris Marion Young, Will Kymlicka y David Schlosberg destacan el aspecto cultural de la justicia revindicando el reconocimiento de las diversidades presentadas por los diferentes grupos sociales y su incorporación en los procesos políticos (Young 168; Kymlicka 86; Schlosberg, *Defining Environmental Justice* 37).

Rebecca Tsosie, especialista en las leyes indígenas estadounidenses y el derecho humano de los pueblos indígenas, se destaca por proponer el concepto de justicia multicultural. Recalca la recuperación de los traumas y la reparación de los daños resultantes de las injusticias históricas cometidas contra las personas de color por parte del grupo social dominante en los Estados Unidos, es decir, euroamericano ("Sacred Obligations" 1657-1659).

La reparación de las injusticias históricas, según propone Tsosie, debe implicar los cambios sociales, políticos, culturales más que una compensación económica. Para ello, es fundamental reconocer la diferencia de las injusticias históricas experimentadas por los diversos grupos y sus necesidades específicas, formuladas en base a su particularidad cultural.

De forma correspondiente, se han de utilizar diferentes estrategias, métodos y discursos persuasivos para obtener la justicia. La justicia medioambiental también se caracteriza por esta pluralidad. Según Schlosberg, hay que adoptar una perspectiva inclusiva sobre las posiciones heterogéneas acerca de la justicia medioambiental.

Schlosberg utiliza la metáfora de una "caja de herramientas"("toolbox") para hacer referencia a la inclusión de las diversas definiciones, experiencias, métodos y lenguajes acerca de la justicia medioambiental. Con más herramientas incluidas en esta caja, los diversos grupos tendrían a su disposición más teorías, estrategias y tácticas para aplicarlas en sus respectivas luchas (*Defining Environmental Justice* 98; 173).

Un ejemplo del uso de esta caja de herramientas es el movimiento MOSOP. En el escenario internacional, Ken Saro-Wiwa, empleó los derechos indígenas para luchar contra el gobierno nigeriano y la compañía petrolera neerlandesa Shell. Sin embargo, al tratarse del contexto estadounidense, adoptó el lenguaje del racismo medioambiental, que tiene mayor repercusión en los Estados Unidos.

1.3 Aspectos de la resistencia

1.3.1 Las diversas formas de resistencia

En "Conceptualizing Resistance" (2004), las sociólogas Jocelyn A. Hollander y Rachel L. Einwohner proponen que el término "resistir" ha proliferado en todos los niveles de la vida social humana, a nivel individual, colectivo e institucional, en el área de la política, el entretenimiento, el lugar de trabajo y la literatura, entre otros. Pese a esta proliferación, la variación del empleo del término dificulta una definición unánime (534). Según las dos autoras, la resistencia está compuesta por dos actos indispensables. Primero, resistir, en vez de ser un estado de existencia, implica algunas conductas activas, cognitivas, verbales o físicas. Segundo, al resistir, uno tiene que oponerse a algo (538).

Las resistencias convencionales, por ejemplo, el movimiento social, la protesta, la revolución y el activismo que se realizan a través de la organización social y la movilización masiva, son resistencias materiales y físicas, que suelen estar acompañadas por las confrontaciones abiertas y directas. En estas, los que resisten suelen emplear sus cuerpos u otros objetos materiales, por ejemplo, las marchas, los actos dramáticamente violentos y el llevar determinado vestuario, entre otros. Por su carácter altamente visible, Hollander y Einwohner la denominan "resistencia declarada" ("overt resistance") (545).

También existe otro tipo de resistencia relativamente invisible o encubierta. Esta variante suele ser ejercida por grupos con menos poder económico, político y social, por ejemplo, los campesinos, los esclavos y los trabajadores. Estos grupos sociales, al no soportar las consecuencias desastrosas de una resistencia declarada, por ejemplo: la pérdida de los recursos económicos indispensables para mantener la vida o la represión violenta, adoptan medidas de resistencia cotidianas, ordinarias y sobre todo desapercibidas para las personas a las que se oponen, como los empresarios y terratenientes. Se tratan de medidas practicadas individualmente de forma privada, como pueden ser la disimulación, la falsa colaboración, el incendiarismo, la injuria, la ignorancia fingida y también el uso del humor (Hollander y Einwohner 539). De hecho, se puede observar la resistencia encubierta, cotidiana o resignada como un acto de resiliencia. En términos generales, la resiliencia se entiende como la habilidad para hacer frente a un cambio (Ferrández San Miguel, "Theoretical Approach" 147). La resiliencia, originalmente acuñada en la psicología, se refiere a la capacidad de un individuo o grupo para adaptarse, protegerse, reducir el daño y recuperar el bienestar físico y mental a la hora de enfrentarse a las situaciones adversarias.

Según los politólogos Philippe Bourbeau y Caitlin Ryan, las relaciones entre la resiliencia y la resistencia declarada, en vez de ser estáticas y exclusivas, son dinámicas y mutuas (221). Dicho concretamente, cuando una resistencia convencional es irrealizable a corto plazo debido a una enorme asimetría de poder entre el grupo hegemónico y subordinado, la resiliencia es la táctica necesaria para mantener y preservar la resistencia declarada (Bourbeau y Ryan 236).

Convencionalmente consideran los actos de resiliencia, caracterizados por la aceptación del

| 印第安
生态文学
西尔科与
霍根的反思 | Literatura ecológica indígena reflexiones de Silko y Hogan |

orden social impuesto sobre los subyugados y la opción de no resistir, apolíticos. Sin embargo, según Bourbeau y Ryan, ningún grupo subordinado acepta completamente la lógica y praxis del grupo hegemónico. Se limita a adaptarse para sobrevivir modificando siempre determinados aspectos de la lógica o práctica hegemónica, ajustándolos a su propia forma de hacer o resistiendo con la falsa colaboración, el hurto, la calumnia, entre otros.

Esta resistencia, implícita en los actos de resiliencia, es desapercibida para la visión hegemónica (Bourbeau y Ryan 227-229). En este sentido, la resiliencia, en términos políticos, consiste en un acto de modificar la estructura de poder[1]. Bourbeau y Ryan, a su vez, analizan las interrelaciones entre la resiliencia y la resistencia convencional, es decir, la declarada.

Por último, según Hollander y Einwohner, además de una resistencia "material", donde suelen involucrar el cuerpo humano y las confrontaciones directas, existe una resistencia retórica y simbólica realizada mediante el discurso o las conductas simbólicas. Por ejemplo, la resistencia retórica y simbólica ocurre cuando una mujer hawaiana publica un relato tradicional en un periódico, habla su lengua nativa o practica una ceremonia religiosa en una esfera pública.

La teoría del filósofo Michel Foucault sobre el discurso y el poder también está relacionada con la resistencia

---

[1] Hollander y Einwohner definen la resistencia en términos generales, que incluye los actos de resiliencia, es decir la resistencia encubierta.

retórica. En el primer volumen de *The History of Sexuality* (1976), Foucault propone que, pese a la hegemonía en la sociedad de un grupo dominante, los grupos contrahegemónicos pueden acceder a ciertos mecanismos de poder para resistir contra la dominación. Por eso, ningún grupo es totalmente impotente (95). Considera además que el poder es fluido, cambiante y reversible, por lo cual el poder ejercido por parte del grupo dominante puede ser reapropiado por los de abajo.

Para Foucault, bajo el contexto de la sociedad moderna europea, el poder, en vez de ser impuesto a la sociedad civil de forma violenta, funciona de forma insidiosa normalizándose a través de la producción de los discursos y conocimientos. De esta forma, los grupos contrahegemónicos también pueden resistir aprovechando el discurso formulado por el grupo social hegemónico para su bien.

En la misma obra, el autor señala que, la resistencia y el poder de cambiar la sociedad reside precisamente en la sombra del poder y la zona silenciada por el poder:

> We must make allowance for the complex and unstable process whereby discourse can be both an instrument and an effect of power, but also a hindrance, a stumbling-block, a point of resistance and a starting point for an opposing strategy. Discourse transmits and produces power; it reinforces it, but also undermines and exposes it, renders it fragile and makes it possible to thwart it. In like manner, silence

and secrecy are a shelter for power, anchoring its prohibitions; but they also loosen its holds and provide for relatively obscure areas of tolerance. (101)

Foucault expone que la resistencia discursiva puede ser muy sutil, lo que corresponde a la resistencia encubierta, a saber, no seguir la lógica del grupo hegemónico, la articulación de las posiciones interdisciplinadas, de los conocimientos subyugados y de los discursos del grupo sometido (*Power/Knowledge* 81-82; *Language* 209).

De acuerdo con el antropólogo Arturo Escobar, a pesar de que Foucault desarrolla su teoría en el contexto de la sociedad moderna europea, dado el carácter del poder en un mundo globalizado, es aplicable en el Sur Global (378). Pese a las diversas formas, la resistencia es esencialmente un acto de involucrarse en las disputas de poder, que daría como resultado las transformaciones y cambios sociales.

1.3.2 El artivismo

El neologismo "artivismo", es la combinación de "arte" y "activismo". El arte es una novedosa forma de movilización social, capaz de abordar la causa política de una forma artística con valor estético, que puede contribuir a las transformaciones sociales.

El artivismo pretende realizar las acciones políticas de una manera más creativa, poética e impresionante sensorialmente a través de las múltiples formas artísticas.

Aunque fue originado en una reunión entre los artistas chicanos y los zapatistas (de EZLN) en 1997, hoy en día, es comúnmente utilizado por artistas y académicos. Los artivistas suelen usar la literatura, el cine, la música, el arte urbano, entre otros para fines de antiglobalización, antiguerra, justicia social y la causa ecologista. En su *Persuasive Aesthetic Ecocritical Praxis: Climate Change, Subsistence, and Questionable Futures* (2015), el ecocrítico se opone a un concepto del activismo estrechamente definido que se caracteriza por las acciones directas. Las acciones indirectas como el arte también pueden suscitar acciones directas e inducir transformaciones sociales, aún de forma indirecta. Es por esto que considera la praxis artística como un activismo. Con el arte, Murphy se refiere a todas las actividades de espectáculo, objetos y acciones que contienen elementos estéticos. El arte como activismo, o sea el artivismo, es capaz de promover cambios sociales y orientar ideológicamente las movilizaciones sociales. Destaca que la literatura es una forma de artivismo eficaz en cuanto a la causa ecologista, para ello toma como ejemplo la novela de Upton Sinclair, *The Jungle* (1906), cuya publicación promovió la legislación sobre la seguridad alimentaria.

Otro ejemplo de cómo la praxis artística induce la movilización social, a decir de este autor, es la novela de Edward Abbey, *The Monkey Wrench Gang* (1975), que ha inspirado las acciones directas tomadas por la organización ecologista Earth First!. *The Monkey Wrench Gang* genera un tipo de protesta ambientalista denominada como el *ecotage* que toma acciones directas

> 印第安
> 生态文学
> 西尔科与
> 霍根的反思

Literatura ecológica indígena
reflexiones de Silko y Hogan

como la destrucción de la maquinaria de tala y la puesta de clavos en los árboles (*tree spiking*) (Murphy *Persuasive Aesthetic Ecocritical Praxis* 7; 10).

Para él, cualquier forma artística, en vez de ser un puro entretenimiento u ocio, contiene una ideología y sirve para algún fin, por lo cual tiene potenciales persuasivos (Murphy, *Persuasive Aesthetic Ecocritical Praxis* 13). Una buena práctica artística persuasiva, no tiene que estar saturada de persuasiones didácticas, lo que consiste en una "propaganda progresista" ("progressive propaganda")(30)[①]. Los artistas pueden esconder sus intenciones. A veces con solamente visibilizar las problemáticas y representar adecuada y suficientemente las realidades, pueden concienciar social y ecológicamente a los lectores.

Una combinación adecuada de las formas —las representaciones variadas y exactas, las estrategias estéticas— y el contenido sirve para la reorientación ideológica y sensibilizar al público en la movilización social (Murphy, *Persuasive Aesthetic Ecocritical Praxis* 8-10). A diferencia del lenguaje abstracto de los discursos políticos y científicos, el valor estético del arte, que habla con los instintos y las emociones humanas, otorga a las diversas formas artísticas un gran potencial persuasivo.

Otros ejemplos destacables del arte como activismo podrían ser la obra de tierra (*land art*) *Spiral Jetty* y la

---

[①] Murphy utiliza la palabra inglesa "propaganda", que no conlleva un matiz negativo en inglés. Sin embargo, en español, la palabra propaganda tiene un significado negativo. Por eso, en el libro se evita el término propaganda si no está directamente ligada a la teoría de Murphy.

película *The Day after Tomorrow* dirigida por Roland Emmerich. El artista norteamericano Robert Smithson, revela las similitudes entre la vida humana —la circulación de la sangre— y las mareas, en su obra *Spiral Jetty*, una escultura construida en 1970 con 6000 tonadas de rocas de basalto a lo largo de la orilla del Gran Lago Salado, Estados Unidos.

La película *The Day after Tomorrow*, estrenada en 2004, trata del calentamiento global y critica las políticas medioambientales de la administración de George W. Bush. Gracias a una letanía de escenarios drásticos y devastadores sobre las tormentas con forma de superceldas, las inundaciones y las congelaciones de las grandes metrópolis norteamericanas, como Nueva York y Manhattan, esta cinta obtuvo un enorme éxito en la taquilla y ha logrado concienciar al público sobre el estado alarmante del cambio climático.

Dada la orientación de Murphy sobre una praxis artística con buenos efectos persuasivos, la ficción es una forma ideal. Además, la ecocrítica anglófona de la segunda ola, giró la atención académica sobre la literatura de no-ficción, denominada como la literatura de naturaleza, a las ficciones. Los autores crean un mundo ficcional, o sea, no realista pero de ninguna manera irreal.

Con la narración de las historias, las diversas estrategias novelísticas, las variadas representaciones y los diferentes estilos literarios, los autores representan las realidades y los problemas medioambientales de una forma holística, afectiva, atractiva e impresionante. Todo lo cual sirve para que los lectores obtengan un mejor entendimiento sobre las cuestiones medioambientales, piensen de forma crítica, se comporten de forma más responsable e incluso se movilicen por las causas ambientalistas.

Hablando sobre la crisis medioambiental, Lawrence Buell, insta a la transformación de los valores culturales para un cambio profundo de la sociedad humana, por lo que no se debe descartar la literatura de ficción (*Future* vi). El ecocrítico Scott Slovic y el psicólogo Paul Slovic argumentan que el lenguaje lógico y científico está cargado de números abstractos y que provoca cansancio y una sensación de impotencia. Un lenguaje afectivo y experiencial, a su vez, puede catapultar acciones positivas (3).

Carmen Flys Junquera destaca la función pragmática de la literatura sintetizando, "la literatura puede mostrar al lector caminos y actitudes alternativas que sugieran nuevas formas de percibir y sentir el entorno, provocando mediante la emoción que cambie sus actitudes y contribuya a imaginar y crear un mundo más justo y sostenible" ("'En el principio'" 183).

Flys Junquera también recalca la gran difusión de los géneros literarios populares que, al llegar a un público amplio, tienen el potencial de expandir las causas ambientalistas (198). A lo largo de la historia humana, hubo novelas que han contribuido a las transformaciones sociales, entre los cuales se pueden nombrar *Uncle Tom's Cabin* (1852) de la escritora estadounidense Harriet Beecher Stowe y *Animal Farm* (1945) del escritor británico George Orwell.

En "The Fiction of Development: Literary Representation as a Source of Authoritative Knowledge" (2008), los economistas David Lewis, Dennis Rodgers y Woolcock proponen que, en comparación con la escritura académica, sobre todo en las ciencias naturales y sociales, y el discurso político, la representación ficcional es una mejor forma narrativa para comunicar los conocimientos sobre el desarrollo. Señalan que cualquier tipo de análisis sobre el desarrollo es subjetivo, cuya transmisión e interpretación depende de la forma discursiva, por eso, los diversos discursos sobre el desarrollo son esencialmente la narración de historias (199).

No obstante, apuntan que actualmente predomina una hegemonía sobre las diversas formas de conocimientos. Los discursos tecnológicos, científicos, económicos y políticos que se caracterizan por el positivismo y el racionalismo, son considerados como los más legítimos. Además, estos están monopolizados por los expertos profesionales, los actores más potentes política y económicamente. La literatura, y sobre todo la ficción, está calificada como una forma de conocimiento subjetiva, irracional y de rango inferior (201).

Lewis, Rodgers y Woolcock plantean además que la ficción es una mejor forma de transmitir los conocimientos de desarrollo. Aunque las novelas revelen las realidades a través de la representación ficticia, los novelistas exponen con mayor profundidad las complejidades socioeconómicas, político-culturales, históricas y humanas sobre una problemática social. A ello denominan "comprensión matizada" ("nuanced understanding") sobre las realidades (205-206), mientras que el discurso científico, económico y político tiende a simplificar los complejos procesos sociales enfocando la mera cuestión política, tecnológica y económica. En este sentido, la ficción hace una reflexión holística sobre todos los aspectos de la existencia humana. Por tanto, la ficción permite una ejemplificación ideal, concreta, detallada, expresiva y suficiente sobre la problemática social.

La escritura académica, los reportes políticos y económicos, a su vez, son incapaces de hacerlo debido a los estrictos requisitos establecidos para la redacción. Por último, la literatura ficcional tiene una circulación más amplia y cuenta con una mayor audiencia pública. Por este motivo, esta ejerce mayor influencia popular. Lewis, Rodgers y Woolcock no intentan sobreponer el valor de ninguna forma de conocimiento sobre la otra. Por eso, sugieren una multiplicidad de voces y lógicas en el almacén de los conocimientos sobre los procesos de desarrollo (202-210). En concordancia, la ficción tiene la capacidad de visibilizar las complejas dinámicas sociales y tener en cuenta los conocimientos económicos, políticos y científicos a través de una representación ficcional adecuada y suficiente.

Murphy, Buell, Flys Junquera y Lewis, Rodgers y Woolcock coinciden en reconocer y destacar el valor estético de la literatura, sobre todo, la ficción. Sus argumentos ponen de manifiesto que una representación literaria adecuada y con suficiente valor estético, en vez de despolitizar el tema político y social, contribuye a las transformaciones sociales, pese a que lo hace de una forma distinta a las formas convencionales.

1.3.3 La literatura como resistencia

De hecho, al destacar la función persuasiva del arte y considerarlo como una forma del activismo, Murphy hace referencia a lo que Hollander y Einwohner denominan como la resistencia retórica y simbólica. La literatura, como una forma del artivismo, sirve como un lugar donde los autores resisten discursivamente.

Entre los ejemplos en la literatura como un lugar de resistencia, se encuentra la novela *Il Sentiero dei nidi di ragno* (*El sendero de los nidos de araña*) (1947) de Italo Calvino, célebre periodista y escritor. En esta obra neorrealista, Italo Calvino registra su experiencia como un partisano antifascista en Italia durante la Segunda Guerra Mundial y revela el caos social en la Italia de posguerra.

El movimiento narrativo, el neorrealismo, cuya temática fue la reflexión sobre el fascismo, puede considerarse como un artivismo[1]. Como artivistas, los escritores neorrealistas mostraron una preocupación por las novedosas formas narrativas y estéticas con el objetivo de revelar las catastróficas consecuencias

---

[1] El crítico literario Beno Weiss destaca las relaciones entre las representaciones artísticas y la agenda política del neorrealismo: "It was an attempt to replace old literary narrative materials with others containing democratic, social, and historical values, and whose subject matter would be the people and the events of recent and current history: workers, farmers, partisans, and city dwellers presented in their struggle for survival." (10) De hecho, esta preocupación por el valor estético, la forma narrativa y la agenda política en el neorrealismo coincide con la del artivismo.

> 印第安
生态文学
西尔科与
霍根的反思

Literatura ecológica indígena reflexiones de Silko y Hogan

del fascismo, así como las historias de supervivencia y resistencia de la gente común. Los neorrealistas también se preocuparon por los efectos persuasivos, o sea un ansioso deseo de llegar a una amplia audiencia y hablar directamente con los más afectados por la guerra.

En *Il Sentiero dei nidi di ragno*, novela muy vendida y premiada[①], Calvino presenta una historia de resistencia contra el fascismo desde la perspectiva de una figura marginada, el adolescente callejero Pin. El elemento fabuloso y fantástico de la novela sirve para denunciar el fascismo y la injusticia social en la posguerra.

Podríamos abordar otros ejemplos desde esta perspectiva artivista en las que los autores desvelan el aspecto inhumano y las desastrosas consecuencias de las guerras, como *Homage to Catalonia* (1938) de George Orwell en la que el escritor británico relata sus experiencias personales sobre la guerra civil española y *The Things They Carried* (1999) sobre la Guerra de Vietnam del autor estadounidense Tim O'Brien. Las películas bélicas estadounidenses como *Platoon* (1986) dirigido por Oliver Stone y *Apocalypse Now* (1979) dirigido por Francis Ford Coppola son ejemplos representativos del artivismo que denuncia la Guerra de Vietnam.

En su *Resistance Literature* (1987), Barbara Harlow propone el concepto de "literatura de resistencia" ("resistance literature") desarrollando la idea del

---

① Se vendieron 6000 ejemplares tan solo en 1947 (Weiss 4). La novela fue reconocida con el Premio Riccione.

escritor palestino Ghassan Kanafani. Según la escritora, la "literatura de resistencia" deriva y forma parte de los movimientos de liberación en el Sur Global en contra de los colonizadores y sus sucesores, las ideologías colonialistas y sobre todo, los paradigmas literarios occidentales impuestos sobre las literaturas en el Sur Global.

En su libro, la autora destaca el carácter y la influencia política de la literatura definiendo la literatura de resistencia como "a particular category of literature that emerged significantly as part of the organized national liberation struggles and resistance movement in Africa, Latin America, and the Middle East" (XVII).

Con la praxis literaria como una resistencia al servicio de la liberación nacional en el Sur Global, Harlow no solamente hace referencia a la resistencia retórica. De acuerdo con Harlow, la escritura, en vez de ser un proceso pacífico y seguro, implica tensiones, conflictos y confrontaciones sociales. Muchos escritores fueron censurados, encarcelados y asesinados por denunciar los colonizadores y sus afiliados. Debido a ello en su propia investigación plantea: "The resistance writer, like the guerilla of the armed liberation struggle, is actively engaged in an urgent historical confrontation." (120) Un ejemplo de este genocidio, fue el asesinato de Ghassan Kanafani, de quien Harlow toma prestada la idea de literatura de resistencia, por la agencia de inteligencia israelí en 1972 debido a su compromiso político en la causa palestina.

> 印第安
> 生态文学
> 西尔科与
> 霍根的反思

Literatura ecológica indígena
reflexiones de Silko y Hogan

En *Resistance Literature*, se introduce la ficción, la poesía y la autobiografía de resistencia en los países como Líbano, Sudáfrica, El Salvador, Nicaragua, Kenia, Egipto y Nigeria. Dadas las relaciones intrínsecas entre la escritura y el compromiso revolucionario, la literatura de resistencia formulada por esta célebre escritora constituye un tipo de artivismo.

Dejando de lado el contexto poscolonial, considero la literatura de resistencia un término útil e inclusivo para hacer referencia a todas las literaturas donde los autores practican la resistencia retórica. Por ejemplo, en cuanto a la causa ambientalista en el Sur Global, donde los activistas suelen enfrentarse a la coalición de las autoridades y las multinacionales debido al neocolonialismo, la literatura de resistencia es expresiva para revelar las confrontaciones sociales y los enormes riesgos de vida implicados por el activismo ecologista y la correspondiente escritura.

En este sentido, la creación autobiográfica de Ken Saro-Wiwa, como *A Month and a Day: A Detention Diary* (1995), *Unbowed: A Memoir* (2006) de Wangari Maathai[1] y la autobiografía escrita por Elizabeth Burgos sobre Rigoberta Menchú, *Me llamo Rigoberta Menchú y así me*

---

[1] En 1977 Wangari Maathai, política y activista ecologista keniana, fundó el Movimiento Cinturón Verde en Kenia, campaña ambientalista antidesertificación y antideforestación. Fue ganadora del Premio Nobel de la Paz en 2004. Su autobiografía, *Unbowed*, es un registro del movimiento ecologista. Para el análisis ecocrítico poscolonial sobre las obras de Ken Saro-Wiwa y *Unbowed* véase los capítulos 3 y 4 de *Slow Violence* de Nixon.

nació la conciencia (1983)[1] son ejemplos de la literatura de resistencia ecologista en el Sur Global.

Sobre la literatura de resistencia, acuñada por Ghassan Kanafani, que hace referencia a la literatura para los palestinos, Jace Weaver, académico en los estudios nativo-americanos, indica que es un término apto para describir la literatura nativo-americana. En este sentido, las literaturas practicadas por los más desafavorecidos se convierten en un área para la lucha (11). El aporte literario de Gerald Vizenor que él mismo denomina como "survivance", un neologismo combinado por "survival" y "resistance", es un ejemplo de esta índole de resistencia política de la escritura de los nativo-americanos.

En la colección de *The Environmental Justice Reader*, hablando sobre la justicia medioambiental, Julie Sze señala que las ideas —por ejemplo, la construcción de la raza, el género y la naturaleza— y las prácticas sociales —el racismo institucional y la dominación del género— están estrechamente relacionadas; las primeras justifican las segundas, que, a su vez, vuelven a reforzar las ideologías. Las novelas, revelan estas ideas y prácticas,

---

[1] Es líder política guatemalteca y miembro de la tribu maya quiché. Como defensora de los derechos humanos e indígenas, fue ganadora del Premio Nobel de la Paz en 1992. En su autobiografía, denuncia la injusticia social, los maltratos y la explotación contra los campesinos indígenas en Guatemala. Para un análisis ecocrítico desde la perspectiva de justicia medioambiental sobre la autobiografía véase *American Indian Literature* de Adamson (145-153).

por lo cual la autora asume que los ecocríticos deberían revisar las construcciones históricas, sobre todo raciales, y los procesos sociales reflejados en la novela (166).

Mei Mei Evans, argumenta que ninguna representación es neutral ideológicamente y cualquier construcción social perpetúa determinados significados, por eso, al igual que Sze, Evans llama a prestar atención a las representaciones de la naturaleza, el género y la clase social en las obras literarias (181). T. V. Reed, señala que la literatura visibiliza cómo los deterioros medioambientales son experimentados diferente y desproporcionadamente por los diferentes grupos sociales, cómo los valores culturales como el caso del racismo justifican el sacrificio ecológico de las personas desfavorecidas y proponen posibles soluciones a las cuestiones medioambientales (loc. 3736).

Cumpliendo con su compromiso social, la ecocrítica de justicia medioambiental debería examinar cómo los novelistas visibilizan el aspecto humano y social de las cuestiones medioambientales: las experiencias humanas al sufrir el deterioro ecológico, los macroprocesos y prácticas sociales causantes —o sea, la asimetría de poder— del daño desproporcionado de contaminación que aguantan determinados grupos sociales, los valores culturales y las construcciones sociales que justifican estas prácticas. También deberían prestar atención a las alternativas propuestas por los novelistas en torno a los mecanismos económicos, políticos, culturales y sociales actuales. Y por parte de los mismos autores, al visibilizar estos aspectos negocian con la cuestión de justicia medioambiental y resisten retóricamente.

El movimiento de justicia medioambiental —como un movimiento social a nivel local, nacional y global— y la literatura interactúan, se complementan y se refuerzan mutuamente. Sus relaciones son fluidas, en vez de ser unilaterales o inmóviles. Una primera parte representa, el movimiento ambientalista popular en el mundo real que constituye la base de la creación literaria de los autores y la otra parte engloba, las obras literarias que influyen en la realidad e incluso sirven para descubrir y crear nuevas realidades. Según Joni Adamson, los textos literarios pueden considerarse como "casos" que valen la pena sus respectivos "estudios de caso" ("Medicine Food" 213). Las obras literarias, como casos, podrían enriquecer el EJAtlas, específicamente el vocabulario del movimiento de justicia medioambiental.

Hablando sobre el EJAtlas, Temper *et al.* admiten que los casos registrados en el mapa podrían remontarse a la época colonial a pesar de que los actores sociales en dicha época no utilizaron los términos ecologistas (582)[1]. Los análisis ecocríticos con un enfoque en la justicia medioambiental sobre las obras literarias al respecto, por ejemplo las novelas investigadas en el presente libro, ampliarían la extensión temporal y geográfica del EJAtlas.

Además, gracias a los lenguajes adaptados al

---

[1] El primer incidente registrado en el mapa corresponde al Río Tinto, España en la década de 1880.

> 印第安
> 生态文学
> 西尔科与
> 霍根的反思

Literatura ecológica indígena
reflexiones de Silko y Hogan

contexto sociopolítico y cultural, las dos novelas tratadas en este libro están bien aceptadas por los académicos y lectores en sus respetivos países. Así pues, dichas obras son ejemplares de un artivismo de calidad y eficaz. Por lo que servirían para enriquecer el vocabulario del movimiento de justicia medioambiental. La literatura también puede servir como un *locus* donde los silenciados articulan sus voces. En este sentido, los textos literarios, donde los autores articulan sus posiciones y críticas contrahegemónicas, podrían considerarse como un *locus* donde los autores ejercen su resistencia ecologista.

Capítulo 2
Representaciones de desastres naturales en las novelas

2.1 La literatura nativo-americana: Leslie Marmon Silko y Linda Hogan

Siempre han existido discusiones académicas sobre el uso de "American Indian Literature" y "Native American Literature". El filólogo Kenneth M. Roemer indica que, la mayoría de las veces, se utilizan ambos términos alternativamente. Según este investigador hay una literatura nativo-americana[1] singular y otra plural. La primera se refiere en términos precisos, a los textos escritos. La segunda, se entiende en términos generales como los textos orales y escritos (9-10).

La historia de los siglos XIX y XX está marcada por

---

[1] La filóloga española Clara Isabel Polo Benito, a la hora de traducir una conferencia pronunciada por el reconocido escritor nativo-americano Gerald Vizenor, traduce "Native American Literature" al español como "literatura india nativo americana" (27). Martín Junquera emplea "literatura nativo-americana", "literatura india nativo americana" y "literatura nativo americana" alternativamente (*Literaturas chicana* 12; 98; 96). Son traducciones aceptadas académicamente. En el presente libro se utilizan más frecuentemente literatura nativo-americana.

> 印第安
生态文学
西尔科与
霍根的反思

Literatura ecológica indígena
reflexiones de Silko y Hogan

la transcripción de las tradiciones orales indígenas por parte de los antropólogos y etnógrafos euroamericanos, lo que para muchos intelectuales nativos es una apropiación imperialista de su cultura.

Pese a que la tradición de la escritura en inglés por parte de los autores nativo-americanos data de 1772 con el sermón del mohegan Samson Occom, no fue hasta la década de 1960 cuando la literatura nativo-americana llamó la atención social y académica. Esta atención pública otorgada a la escritura de los autores nativos derivó del poderoso movimiento panindígena por los derechos indígenas (Red Power Movement) en la década de 1960 y el premio Pulitzer de ficción en 1969 a *House Made of Dawn* (1968) del autor kiowa Navarre Scott Momaday.

La famosa novela de Momaday inicia lo que Kenneth Lincoln, en su *Native American Renaissance* (1983), denomina el renacimiento literario nativo-americano. Según este académico de estudios nativo-americanos, el renacimiento de la literatura nativo-americana trae dos características "nuevas" : la renovación de la oralidad en modelos literarios occidentales y la escritura nativa en la lengua inglesa (8).

Gerald Vizenor, James Welch, Leslie Marmon Silko y Navarre Scott Momaday, escritores importantes del renacimiento literario nativo-americano en la década 1970, son considerados como los cuatro maestros de esta literatura por Alan R. Velie en su *Four American Indian Literary Masters* (1982). En las décadas de 1980 y 1990, más autores nativos ganaron fama nacional, por ejemplo, Linda Hogan, Simon Ortiz, Louise Erdrich, Diane Glancy, Paula Gunn Allen, Sherman Alexie, Gordon Henry, Joy Harjo, entre otros. El renacimiento literario nativo-americano promovió la institucionalización de esta literatura en las universidades, centros de investigación y casas editoriales, a partir de la década 1970. También el establecimiento de Association for the Study of American Indian Literatures en Modern Language Association y una serie de revistas académicas, sobre todo *Studies in American Indian Literatures*.

Pese a la diversidad, la literatura nativo-americana presenta unas características comunes: un sentido de trauma y pérdida debido a la apropiación de tierra, desplazamiento y asimilación cultural, la identidad comunitaria arraigada en un lugar, la adaptación de la tradición oral al texto escrito, críticas contra la injusticia y un fuerte sentido de supervivencia, resistencia y adaptación.

Cabe destacar que la escritura de los autores indígenas está muy comprometida social y políticamente. El derecho tribal es crucial para la identidad indígena y su producción literaria. De igual forma, el tema ambiental y la presencia de la naturaleza, componentes importantes de la cosmología indígena, son frecuentes en este tipo de textos. Al abordar su preocupación política y ecológica conjuntamente en sus obras, los escritores nativo-americanos apuntan a la justicia ecológica.

> 印第安
> 生态文学
> 西尔科与
> 霍根的反思

Literatura ecológica indígena
reflexiones de Silko y Hogan

El tema de la justicia medioambiental es muy tratado por los autores indígenas estadounidenses. Como ejemplo se podía mencionar la novela de Leslie Marmon Silko *Ceremony* (1977) y el poemario *Fight Back: For the Sake of the People, For the Sake of the Land* (1980), de Simon Ortiz que se contextualizan en la nuclearización en el Suroeste. Las novelas *Mean Spirit* (1990) de Linda Hogan, *Tracks* (1988) y *Four Souls* (2004) de Louise Erdrich, contextualizadas en las décadas de 1920 y 1930, tratan de la apropiación de los recursos petroleros y forestales. *Solar Storms* de Linda Hogan y el poemario *A Good Journey* (1977) de Simon Ortiz revelan la crisis ecológica y la injusticia social resultante de los proyectos modernos. En el primer caso la construcción de una hidroeléctrica y el segundo, la urbanización y la construcción de parques nacionales.

En sus novelas *Power* (1998) y *People of the Whale* (2008), Hogan relaciona la protección de especies animales en peligro de extinción con el derecho tribal. En *Almanac of the Dead*, novela épica y voluminosa de Leslie Marmon Silko, la autora imagina una revolución conjunta de los pobres y las personas racializadas por el mundo en contra de la explotación paralela de las personas y la naturaleza. Silko relaciona esta explotación con las consecuencias duraderas del colonialismo y el capitalismo.

En estas obras literarias, las cuestiones del deterioro ecológico, la justicia social, sobre todo el racismo, la identidad y la cultura indígena se entrelazan. También destacan una reivindicación política y un fuerte sentido de resistencia. La mención y análisis de estas obras literarias son constantes en la ecocrítica desde las diversas perspectivas.

Este libro toma *Almanac of the Dead* y *Solar Storms* como ejemplos de las novelas nativo-americanas porque, al igual que las obras mencionadas anteriormente, revelan las principales características de la justicia medioambiental en el caso de los pueblos indígenas estadounidenses. Además, son representativas artística y literariamente, sobre todo, en cuanto a la adaptación de la oralidad al texto escrito. Por último, las dos novelas reflejan el activismo indígena en el mundo real. La movilización social tratada por ambas novelas presenta similitudes con el movimiento de justicia medioambiental estadounidense, el movimiento cosmopolítico y el indigenismo.

2.1.1 Leslie Marmon Silko

Nacida en Albuquerque, Nuevo México, en 1948, Leslie Marmon Silko es de ascendencia del Pueblo de Laguna, angloamericana y mexicana. Es novelista, poeta, ensayista, fotógrafa, cinematógrafa y narradora. Fue premiada por Lifetime Achievement Award establecido por Native Writers' Circle of the Americas en 1994. Criada en la Reserva Pueblo de Laguna, Silko siempre estuvo imbuida de la tradición oral de este territorio. Se trata de una vivencia muy influyente en su producción literaria.

> **印第安生态文学**
> 西尔科与霍根的反思
>
> Literatura ecológica indígena
> reflexiones de Silko y Hogan

Publicó su primer cuento "The Man to Send Rain Clouds" en 1968, con el que fue premiada con el National Endowment for the Humanities Discovery Grant. En 1974 publicó el poemario *Laguna Woman*. Su primera novela, *Ceremony*, salió a la luz en 1977. Esta obra cuenta la búsqueda de una ceremonia por parte de Tayo, un indígena laguna y veterano de la Guerra de Vietnam, para curar su trastorno por estrés postraumático.

Ceremony le ganó a Silko la fama nacional como una de los autores nativo-americanos más prestigiosos en la etapa inicial del renacimiento literario nativo-americano. Fue premiada con el MacArthur Foundation Grant en 1981. En 1991, publicó *Almanac of the Dead*, novela épica con más de 700 páginas, unos 70 personajes y una escala temporal de 500 años de la historia de las Américas. Sin embargo, fue muy criticada por los temas tratados: la violencia, el erotismo, el comercio narcotraficante y la homosexualidad.

En su novela más reciente, *Gardens in the Dunes* (1999), presenta los diversos jardines: el jardín de la élite euroamericana del siglo XIX, el jardín de un pueblo indígena ficticio en el valle del Río Colorado, la tribu ficticia llamada sand lizard y el jardín de la tía Bronwyn en la ciudad Bath, Inglaterra. En esta narración, el jardín de la élite euroamericana representa la ideología imperialista, dualista, racista y antropocéntrica que justifica la paralela explotación contra los pueblos nativos y la naturaleza. Silko destaca las similitudes del jardín de las personas de sand lizard y el de la tía Bronwyn, que presentan un mayor respeto a la naturaleza.

Cabe mencionar *Storyteller* (1981) y *Sacred Water* (1993), colecciones de poemas, cuentos, historias familiares y autobiográficas, y fotografías tomadas por Silko. Otras obras importantes son: *The Delicacy and Strength of Lace* (colección de la correspondencia entre Silko y el poeta James Wright) (1986), *Yellow Woman and a Beauty of the Spirit* (colección de prosas) (1996) y *The Turquoise Ledge* (memorias) (2010).

La mayoría de los estudios ecocríticos sobre Silko se centran en *Ceremony*. Uno de los primeros análisis que investigan sobre el tema ecológico en la novela sería "Animals and Theme in *Ceremony*" (1979) de Peter G. Beidler. En su "Leslie Marmon Silko, *Ceremony* (1977)" (2004), Scott Slovic divide los estudios ecocríticos sobre *Ceremony* en dos tipos: la "traditional 'environmental' reading" y la otra "new way of reading", desde la perspectiva de justicia medioambiental (112). Con la interpretación ecocrítica tradicional, este investigador, hace referencia a los estudios que enfocan el sentido de lugar matizado por la filosofía natural del Pueblo de Laguna, caracterizado por las íntimas relaciones entre los seres humanos y no-humanos.

Los estudios ecocríticos tradicionales suelen partir de la perspectiva de la ecología profunda (117-119). Otro ejemplo es "Writing Nature: Silko and Native Americans as Nature Writers" (1993) de Lee Schweninger. Estos estudios ecocríticos aprecian la escritura de la tradición oral en

> 印第安
生态文学
西尔科与
霍根的反思

Literatura ecológica indígena
reflexiones de Silko y Hogan

Ceremony y ven la tradición nativa como una solución al antropocentrismo y la mentalidad dualista euroamericana.

Es importante mencionar "Contested Ground: Nature, Narrative, and Native American Identity in Leslie Marmon Silko's *Ceremony*" (2002), donde Rachel Stein ya adelantó lo que Slovic denomina la nueva lectura ecocrítica. Stein propone el concepto de "contested ground", que literalmente hace referencia a la apropiación euroamericana de la tierra tribal y la nuclearización de la tierra del Pueblo de Laguna, y metafóricamente, se refiere al conflicto entre la cultura euroamericana y nativo-americana sobre las relaciones entre los seres humanos y no-humanos (193-194).

El ecocrítico James Tarter desarrolla su "Locating the Uranium Mine: Place, Multiethnicity, and Environmental Justice in Leslie Marmon Silko's *Ceremony*" (2002) en la historia de la minería de uranio Jackpile-Paguate. Según el investigador, la toxicidad en la tierra de la reserva posibilita al personaje Tayo que establezca relaciones con diferentes grupos sociales, culturales y étnicos, es decir todos aquellos implicados en la nuclearización y la "colonización nuclear" (106-107).

También hay estudios ecocríticos con el enfoque de justicia medioambiental sobre *Gardens in the Dunes*. Joni Adamson enfoca la cuestión de la soberanía alimentaria indígena reflejada en *Gardens in the Dunes*[1]. Su autor destaca el valor cultural y nutricional de los alimentos para los pueblos indígenas, cuyo saber

---

[1] Véase "Medicine Food" y "Seeking" de Joni Adamson.

ecológico, a su vez, contribuye a la conservación de la biodiversidad ("Medicine Food" 213).

La ecocrítica portuguesa Isabel María Fernández Alves aborda la novela desde el ángulo de justicia medioambiental, revelando la desigualdad social y la experiencia ecológica de los personajes indígenas como consecuencia del paralelismo entre la explotación de los pueblos indígenas y el mundo natural. Destaca la noción de la igualdad social y la justicia ecológica encarnada en la cosmovisión indígena reflejada en la novela (213).

En cuanto a la ecocrítica china, Hsinya Huang analiza la soberanía sanitaria en las novelas de Silko en su "(Alter)Native Medicine and Health Sovereignty: Disease and Healing in Contemporary Native American Writings" (2016). En *Study of Ecological Thought in American Ethnic Literature (Meiguo shaoshu zuyi wenxue zhong de shengtai sixiang yanjiu* 2019), Pingping Shi y Xia Cai analizan el sentido de lugar local en *Ceremony*. En *Ecological Thought in Contemporary Native American Novels (Dangdai meiguo tuzhu xiaoshuo zhong de shengtai sixiang yanjiu* 2013)[1], Sujue Qin analiza el pensamiento ecológico de Silko en *Ceremony* desde la perspectiva de la ecología profunda.

Debido a la radicalización del tema político, hubo escasos estudios sobre *AD* en la década de 1990, incluida la ecocrítica[2]. En su *American Indian Literature*, Joni

---

[1] Los títulos en inglés de los libros de Shi y Cai, y Qin son traducciones propias de la autora.

[2] Véase Tillett (*Otherwise*, 4-6).

Adamson dedica dos capítulos específicamente a esta novela. En el capítulo seis, partiendo de la canonización de la literatura nativo-americana, plantea la cuestión de la expresión literaria nativa y el derecho a articular. Según ella, los personajes indígenas, como activistas ambientalistas, son capaces de representarse a sí mismos. En el capítulo siete, compara la filosofía natural nativa con el discurso de naturaleza euroamericana. Muchos ecocríticos prestan atención a la resistencia indígena contra el colonialismo en *AD* y desarrollan su estudio desde la perspectiva de la ecocrítica poscolonial.

En "Toxic Colonialism, Environmental Justice, and Native Resistance in Silko's *Almanac of the Dead*" (2009), T. V. Reed destaca la intersección entre la teoría poscolonial y el movimiento de justicia medioambiental global reflejada en *AD*. Argumenta que la novela "was already doing global decolonial environmental justice cultural criticism many years before the field was named, and that critics still need to catch up with Silko" (25). Por último, concluye exponiendo que *AD*, deconstruye el "US-centric versions" del ecologismo (38).

Al igual que Reed, la crítica literaria Shari M. Huhndorf, analiza la resistencia indígena contra el colonialismo, el capitalismo y las políticas externas de carácter imperialista estadounidenses. Presta atención a la coalición transnacional plasmada en *AD*. Joni Adamson, al desarrollar el análisis de Huhndorf sobre la coalición transnacional, analiza la coalición multiétnica a nivel hemisférico en la novela (" '¡Todos

Somos Indios!'" 3). Adamson analiza la coalición panindigenista en *AD* contextualizándola en el levantamiento zapatista en 1994 y la lucha indígena internacional por la justicia climática.

En *Howling for Justice: New Perspectives on Leslie Marmon Silko's Almanac of the Dead* (2014), colección entera dedicada a *AD* y editada por Rebecca Tillett, el tema ecológico está presente en muchos artículos. Rebecca Tillett, Ruxandra Rădulescu y Graeme Finnie analizan el tema de la justicia medioambiental en términos del colonialismo, el racismo y la urbanización. Cabe mencionar el último artículo "Indigenous Cosmopolitics and the Reemergence of the Pluriverse", donde Joni Adamson relaciona la movilización ambientalista indígena en *AD* con el movimiento cosmopolítico indígena en el mundo real.

En *Otherwise, Revolution! Leslie Marmon Silko's Almanac of the Dead* (2018), Tillett divide su monografía entera dedicada a *AD* en dos partes: la opresión y la resistencia. En la primera parte, enfoca sobre todo, la opresión sistemática racial, de género y contra los pobres en las sociedades capitalistas. En la segunda parte, analiza el concepto de revolución.

2.1.2 Linda Hogan

Nacida en Denver, Colorado, en 1947, Linda Hogan (chickasaw) es poeta, novelista, dramaturga, activista social y ambientalista. Pese a que publicó su

> 印第安
> 生态文学
> 西尔科与
> 霍根的反思

Literatura ecológica indígena
reflexiones de Silko y Hogan

primera obra literaria, el poemario *Calling Myself Home* (1978), después de cumplir treinta años, se convirtió en una escritora prolífica, premiada[1] y reconocida internacionalmente[2]. El género, la identidad tribal, la tradición indígena y la cuestión ecológica son temas recurrentes en la producción literaria de Hogan. En sus novelas está reflejado un fuerte compromiso social, político y ambientalista.

Suele basar sus novelas en acontecimientos reales. *Mean Spirit* (1990) se fundamenta en el boom del petróleo en Oklahoma en las décadas de 1920 y 1930. La novela cuenta una serie de asesinatos de los indígenas osage por parte del grupo euroamericano para apropiarse del petróleo bajo su tierra. La creación literaria de *Solar Storms* se basa en el conflicto hidroeléctrico de la Bahía James en Canadá en la década de 1970.

La escritura de *Power* (1998) se inspira del caso legal de James Billie sobre el derecho a cazar animales en peligro de extinción. *People of the Whale* (2008)

---

[1] Ha sido galardonada con premios literarios estadounidenses como Lannan Literary Award for Poetry, American Book Award y National Book Critics Circle Award. Fue candidata al premio Pulitzer de ficción con su novela *Mean Spirit*. Su contribución a la literatura nativo-americana también ha sido reconocida con la distinción Lifetime Achievement Award, por parte de Native Writers' Circle of the Americas. Como escritora en residencia de la Nación Chickasaw fue incorporada a Chickasaw Nation Hall of Fame en 2007.

[2] Por ejemplo, en China, la novela *People of the Whale* fue traducida al chino tradicional por Xiaohua Diao. Actualmente, hay más de cincuenta análisis literarios en chino sobre Hogan (Sun 107).

se fundamenta en el conflicto entre los defensores de animales y la tribu makah en torno a la caza de ballenas, un derecho tribal reservado para los makah en el Tratado de Neah Bay de 1855. Como autora nativo-americana muy reconocida, las obras literarias de Hogan han sido bastante investigadas, también por muchos ecocríticos. Hay estudios sobre sus obras desde las perspectivas del ecofemenismo, la justicia medioambiental, los estudios animales y el ecomaterialismo. En su "'Skin Dreaming': The Bodily Transgressions of Fielding Burke, Octavia Butler, and Linda Hogan" (1998), Stacy Alaimo analiza la poesía de Hogan desde la perspectiva ecofemenista e indica que Hogan "challenge[s] the dominant dichotomies by envisioning bodily transgressions and corporeal crossings" (136).

Lawrence Buell, en *Writing for an Endangered World* (2001) analiza la deconstrucción de la ética ecológica antropocéntrica euroamericana en *Power* (238). Joni Adamson en "Whale as Cosmos: Multi-Species Ethnography and Contemporary Indigenous Cosmopolitics" (2012), analiza la figura indígena capaz de transformarse en animal en *People of the Whale*. Lo hace desde la perspectiva de la etnografía multiespecie y la relaciona con el movimiento cosmopolítico.

La labor literaria de Hogan es reconocida por la ecocrítica anglófona y recogida en diversas antologías específicas. Fragmentos de su colección de prosa, *Dwellings: A Spiritual History of the Living World* (1995) están incorporados en la colección de *American Earth: Environmental Writing Since Thoreau*, editado por Bill McKibben (2008). Su artículo "Backbone: Holding Up Our Future", está recopilado en *Humanities for the Environment Integrating Knowledge, Forging New Constellations of Practice* (2016).

La producción literaria de Hogan también ha sido aceptada por los ecocríticos europeos. La ecocrítica alemana Christa Grewe-Volpp analiza *Power* desde la perspectiva ecofeminista en su artículo de 2016. En su análisis de 2002, enfocada en la estereotipación sobre los indígenas como "indios ecológicos" ("ecological indian"), Grewe-Volpp propone que los personajes indígenas cercanos a la naturaleza en *SS* se fundamentan en una filología ecológica indígena muy sofisticada[1]. Refiere además que el uso del estereotipo de indios ecológicos, sirve para la reconstrucción de la identidad indígena basada en la dignidad, confianza cultural y la agencialidad política.

En España, Flys Junquera ha publicado varios artículos, tanto en inglés como en español, sobre Hogan. En "(Un)Mapping (Ir)Rational Borders in Linda Hogan's Novels" (2010), esta autora analiza la deconstrucción de las fronteras geopolíticas, físicas, éticas, raciales, éticas y biológicas en *SS*, *Power* y *People of the Whale*. En "(Un)mapping (Ir)rational Geographies: Linda Hogan's

---

[1] Para facilitar la lectura, se utiliza la sigla *SS* para referirse a *Solar Storms*.

Communicative Places" (2011), vuelve a analizar cómo Hogan deconstruye la lógica racionalista y la mentalidad dualista que separa lo humano de lo no-humano.

Los análisis sobre *SS* con la perspectiva de justicia medioambiental después de 2000 corresponden a la tendencia de la ecocrítica anglófona en general. En *The Environmental Justice Reader* (2002), Rachel Stein enfoca el aspecto del género de la injusticia medioambiental impuesta sobre las comunidades nativas de la novela (194). Analiza la injusticia intergeneracional impuesta sobre la familia de Angel en términos del racismo, el machismo y el colonialismo, indicando que "white conquest continues to canibalize land and native peoples" (201).

En estos años, también, hay muchos estudios que analizan el problema ecológico en términos raciales y de género sobre *SS*. Cabe mencionar "Boundaries of Violence: Water, Gender and Globalization at the US Borders" (2007), donde Julie Sze examina las representaciones literarias de agua y mujer bajo la influencia de la globalización. Enfocada en la gestión hidrológica estadounidense en las zonas fronterizas. Esta autora argumenta además que, en *SS*, el agua representa una compleja dinámica de violencia contra las personas de color, las mujeres, los inmigrantes y la naturaleza.

El artículo "Unmapping Adventure: Sewing Resistance in Linda Hogan's *Solar Storms*" (2010), de T. Christine Jespersen, indica que el viaje de los personajes indígenas en *SS*, a diferencia de la novela de aventuras euroamericana donde reina el espíritu de conquistar y manejar la naturaleza, deconstruye el antropocentrismo. De acuerdo con Jespersen, Hogan reconfigura la aventura como un modo del activismo ambientalista indígena, fundamentada en su filosofía natural, caracterizada por la interconexión entre los seres humanos y la naturaleza (276).

Después de 2010, los estudios ecocríticos con el enfoque de la justicia medioambiental sobre SS presenta dos tendencias. Primero, siguiendo la interconexión de la cuestión ecológica y la justicia social, los investigadores presentan una mayor atención al contexto político y social. Por ejemplo, Desiree Hellegers en "From Poisson Road to Poison Road: Mapping the Toxic Trail of Windigo Capital in Linda Hogan's *Solar Storms*" (2015), contextualiza su análisis sobre la hambruna en SS, específicamente en la historia de la Compañía de la Bahía de Hudson, empresa canadiense que monopolizó el comercio de pieles durante siglos.

Lindsey Claire Smith y Trever Lee Holland, en su "'Beyond all Age': Indigenous Water Rights in Linda Hogan's Fiction" (2016), comparan la percepción indígena sobre el agua en las cuatro novelas de Hogan con el discurso de agua pronunciado por la corte estadounidense en los casos legales sobre el derecho al agua tribal.

Segundo, se nota la combinación de las cuatro olas de la ecocrítica, en concreto, el enfoque de la justicia medioambiental, la ecocrítica materialista y la narratología. Los análisis ecocríticos sobre *SS* después de 2010 suelen enfocar la cosmovisión indígena, que revela las interconexiones entre las múltiples especies. Al mismo tiempo dan énfasis a cómo esta visión indígena facilita una coalición multiétnica y entre las diversas especies en el activismo ambientalista. "A Network of Networks: Multispecies Stories and Cosmopolitical Activism in *Solar Storms* and *People of a Feather*" (2017) de la ecocrítica Yalan Chang y "'We Need New Stories': Trauma, Storytelling, and the Mapping of Environmental Injustice in Linda Hogan's *Solar Storms* and Standing Rock" (2019) de Summer Harrison son representativos de esta tendencia.

Cabe mencionar "'Dreams of Earth': Place, Multiethnicity, and Environmental Justice in Linda Hogan's *Solar Storms*" (2000) de Jim Tarter. En 2000, Tarter ya notó la coalición multiétnica y entre las especies en *SS* (131; 142). Indica que la animalidad y la materialidad es lo que unen a los seres humanos, los animales y cualquier existencia material en el mundo. El autor revindicó en este artículo una ecocrítica multicultural y multiétnica (145). Más recientemente, el cambio climático impone un mayor coste social y ecológico para las comunidades nativas inuit y cree debido a la subida del nivel del mar al foco de discusión. Joni Adamson trata este tema reflejado en *SS*[1].

La revisión bibliográfica sobre Silko y Hogan pone

---

[1] Véase "Humanidades".

de manifiesto que *AD* y *SS* han tenido gran impacto en lo referido a investigaciones hechas por ecocríticos tanto anglófonos como chinos.

2.1.3 Resúmenes de *Almanac of the Dead* y *Solar Storms*

Almanac of the Dead abarca una escala geográfica y temporal muy amplia. Esta ambición de englobar la totalidad de las Américas se manifiesta en el título de la cuarta parte de *AD*, "The Americas". Leslie Marmon Silko establece aquí, los escenarios novelísticos del continente americano: desde Alaska hasta Colombia. Sin embargo, como indican los títulos de la primera y tercera parte, "The United States of America" y "Mexico", la mayoría de los escenarios se sitúan en los Estados Unidos, particularmente en Arizona, y México, en este último, en el estado de Chiapas.

Pese a que la mayoría de los dramas se contextualizan en la segunda mitad del siglo XX, tal y como Silko recalca en *AD*, el propósito es abarcar los 500 años de historia en el continente. La escritora intercala argumentos ficticios basados en hechos históricos, como la extracción del uranio en las reservas indígenas en los Estados Unidos durante la Guerra Fría, la Gran Depresión, la dictadura del militar Porfirio Días en México, las Guerras Apaches, la Cesión Mexicana y la ceremonia presidida por el esclavo y sacerdote vudú haitiano Dutty Boukman en Bois Caïmen entre otros.

Inventando un quinto códice maya, donde se registran las historias de conquista y colonización, Silko amplía la escala temporal de *AD* al tiempo colonial. En la novela, el antiguo códice maya fue guardado por una mujer yaqui mexicana, Yoeme, quien al fallecer lo entregó a sus nietas, las hermanas gemelas Lecha y Zeta. Las dos, son mestizas de etnia euroamericano-yaqui que emigraron a Tucson desde México cuando eran adolescentes.

Silko en su obra, trata diversos temas como el tráfico de órganos, el contrabando, la homosexualidad, la mafia, la injusticia social contra los pobres sin hogar debido al alto precio de las viviendas y las personas de color, sobre todo indígenas, chicanos y afroamericanos. Además, presenta los diversos movimientos sociales de estos grupos desfavorecidos contra el autoritario orden económico y social que los gobierna.

Silko dedica la mayor parte de la novela a la presentación de las rebeliones protagonizadas por los personajes indígenas. En el estado mexicano de Chiapas, la autora imagina un "Ejército de Justicia y Redistribución" ("Army of Justice and Redistribution") liderado por los mayas Angelita La Escapía y los hermanos gemelos, El Feo y Tacho. En Tucson, Lecha y Zeta, junto con su ayudante yaqui de origen mexicano Calabaza, llevan años contrabandeando por la frontera de Estados Unidos-México en preparación para un levantamiento indígena.

Barefoot Hopi y Wilson Weasel Tail, personajes indígenas de gran importancia en la trama, son

> 印第安
> 生态文学
> 西尔科与
> 霍根的反思

Literatura ecológica indígena
reflexiones de Silko y Hogan

hábiles lobistas y constructores de alianzas para la rebelión indígena. Silko también imagina un ejército de pobres sin hogar llamado el "Ejército de Personas sin Hogar" ("Army of the Homeless") o el "Ejército de Pobres y Personas sin Hogar" ("Army of the Poor and Homeless"), que está liderado por el veterano euroamericano Rambo y afroamericano Clinton.

En *AD*, estos movimientos tan diversos ven su confluencia en la International Holistic Healers Convention, que se celebra en Tucson organizado por unos activistas indígenas. Además, bajo la invitación de Barefoot Hopi, una organización medioambiental llamada Green Vengeance también está presente. Entre todos, acuerdan un plan de acción conjunta. La novela finaliza con el contagio de estas rebeliones por todo el mundo, así como promoviendo una imagen de las Américas azotadas por los disturbios.

Linda Hogan escribe *Solar Storms* basándose en el conflicto real entre los indígenas canadienses cree e inuit, el gobierno quebequense y la empresa Hydro-Québec en torno al proyecto hidroeléctrico de la Bahía James y, por tanto, las acciones principales de la novela se contextualizan en la década de 1970. Intercala argumentos ficticios, sobre todo las hambrunas en las décadas 1930 y 1940, que en el mundo real están relacionadas con el comercio de piel monopolizado por la Compañía de la Bahía de Hudson (de origen canadiense).

La novelista crea los personajes indígenas según su experiencia personal como residente en la Nación

Chickasaw. Un ejemplo es el de la tribu norteña "Comedores de Grasa"("Fat-Eaters"), que en el mundo real se correspondería con los cree e inuit, pero ella los sintetiza y reimagina de manera ficticia. En *SS* hay dos escenarios donde tienen lugar la mayoría de los argumentos novelísticos. Por un lado, Adam's Rib, localización que en el mundo real se encuentra en la zona fronteriza entre Canadá-Estados Unidos, donde viven las abuelas de Angel, uno de los personajes indígenas de acción y la narradora de la obra. Por otro lado, en la novela también aparece la ciudad de Two-Town, el pueblo natal de Dora-Rouge, indígena Comedores de Grasa y bisabuela de Angel, espacio donde se va a construir un complejo hidroeléctrico.

En la narrativa puede leerse el proceso de cómo Angela Jensen, una adolescente de 17 años, recupera su identidad indígena pues debido al maltrato de su madre Hannah Wing. Angel fue adoptada a muy corta edad por diferentes familias euroamericanas. Motivada por la curiosidad de su familia biológica, Angel escribe una carta a su abuela Agnes. En su misiva de respuesta, Agnes le indica a su nieta que vuelva a Adam's Rib. Ya en la población, esta pasa un tiempo feliz con sus abuelas y Bush, mujer chickasaw abandonada por el abuelo de Angel, Harold.

No obstante, la vida tranquila de las cuatro mujeres no dura mucho tiempo. Se informan de que, en el norte de Two-Town, van a construir una presa y que, de ocurrir, Adam's Rib quedaría inundada. En lo referente a las motivaciones de los personajes ante este evento,

> 印第安
> 生态文学
> 西尔科与   Literatura ecológica
> 霍根的反思   indígena
>   reflexiones de Silko y Hogan

a Bush le preocupan los animales, ríos, aguas y tierras inundadas por la obra hidroeléctrica. Dora-Rouge, por su parte, quiere volver a su pueblo natal y a su hija Agnes, no le queda otro remedio que acompañarla. Angel también quiere ir al norte en busca de su madre, Hannah Wing. Entonces, las cuatro mujeres deciden ir al norte en canoa, ya que las carreteras y los ferrocarriles están bloqueados por el gobierno para impedir que los indígenas de todas partes del continente se unan en el norte para resistirse al proyecto hidroeléctrico.

Durante su viaje en canoa, las cuatro mujeres ven el deterioro ecológico causado por la construcción de la hidroeléctrica y antes de llegar al destino final, Agnes fallece. Una vez en Two-Town, las tres mujeres se dedican a la resistencia indígena contra el proyecto hidroeléctrico. Bush, y otra mujer de Comedores de Grasa, Auntie, desempeñan el liderazgo en el activismo ambientalista. Sin embargo, en última instancia no consiguen frenar la obra. Así, poco después Angel y Bush se ven obligadas a volver a Adam's Rib dejando a Dora-Rouge en su pueblo natal.

Como epílogo, se nos muestra que años después de la inundación de Two-Town y Adam's Rib, Tulik, indígena de Comedores de Grasa y primo de Dora-Rouge, sigue con su lucha legal para frenar el proyecto hidroeléctrico. *SS* finaliza con un escenario esperanzador. Años más tardes, después del fallecimiento de Tulik, la corte acaba dictando a favor de los indígenas, suspendiendo así la construcción de la hidroeléctrica. En la siguiente sección, se analiza la representación de desastres naturales en *AD* y *SS*.

2.2 Los desastres naturales apocalípticos y su indigenización en *Almanac of the Dead*

Según el geógrafo humanista Erik Swyngedouw, la imaginación apocalíptica es el fin del mundo debido a ciertas catástrofes, el cual ha sido un tema persistente en la civilización occidental. En la época premoderna, este concepto fue analizado principalmente desde una óptica religiosa. En el libro *Apocalipsis de San Juan* en *Nuevo Testamento*, el apocalipsis hace referencia a la revelación de Cristo, el juicio final, la voluntad de Dios y su intervención repentina en la historia humana con los eventos catastróficos para purificar y salvar a los seres humanos. En la era moderna, representa un símbolo de la existencia humana formada por la crisis, siempre relacionada con la modernización tecnológica[1].

---

[1] Por ejemplo, los críticos literarios M. Keith Booker y Anne-Marie Thomas apuntan que a pesar de que la literatura antigua de muchas civilizaciones habla del apocalipsis resultante de los desastres naturales, en los Estados Unidos, no fue hasta mediados del siglo XX, con el Bombardeo Atómico de Hiroshima y la Guerra Fría, cuando la ficción apocalíptica y posapocalíptica se convirtió en un subgénero popular de la ciencia ficción. El holocausto nuclear y sus consecuencias fueron temas principales de este subgénero en la década de 1950. Y a partir de la década de 1960 y hasta la actualidad, las ecocatástrofes son temas muy recurrentes (53-62).

> 印第安
生态文学
西尔科与
霍根的反思

Literatura ecológica
indígena
reflexiones de Silko y Hogan

La imaginación del apocalipsis sea tradicional o moderna, apunta Swyngedouw, significa la salvación y el devenir de algo nuevo. No obstante, la imaginación apocalíptica ecológica presenta una excepción, donde no hay renacimiento ni nuevo comienzo sino el fin del mundo definitivamente. En la imaginación de los desastres naturales catastróficos, especialmente sobre el calentamiento global, predomina un pesimismo y falta la agencialidad de reparar, salvar o cambiar (218-219).

Por el contrario, en *AD* y *SS,* los activistas indígenas perciben las catástrofes naturales apocalípticas con optimismo e incluso júbilo. Interpretando el apocalipsis con la cosmovisión indígena, sus personajes indigenizan los desastres naturales apocalípticos, infundiéndoles un espíritu ecologista así como ofreciendo unirse con la fuerza rebelde de la naturaleza para acabar con el orden mundial injusto. Además, ambas autoras matizan un nuevo mundo donde las relaciones entre los seres humanos, los mundos humanos y no-humanos son más igualitarias.

En *AD*, Silko presenta un escenario pre-apocalíptico. En la novela, la autora imagina un quinto códice maya que es legado por la mujer yaqui de origen mexicano Yoeme a sus nietas mestizas, Lecha y Zeta. Al leer el almanaque maya, Zeta advierte el devenir de los terremotos, maremotos, la alta temperatura y sequías que azotarían las ciudades estadounidenses (755-756).

Barefoot Hopi, uno de los personajes indígenas estadounidenses, predice el azote de los terremotos y erupciones volcánicas en las siguientes líneas: "The Hopi could feel the earth grinding and groaning from Alaska to the South Pole. For days at a time, the ground had not been still in northern California; dozens of volcanos had erupted along the Aleutian chain, land of ten thousand smokes." (618)

Sin embargo, en *AD*, los personajes indígenas en vez de percibir el devenir de las catástrofes naturales apocalípticas como algo inesperado o imprevisto, lo esperan con optimismo y júbilo. Esto se debe a que los interpretan mediante su propia cosmovisión cultural, concretamente, siguiendo las pautas de las profecías antiguas de su cultura.

En *AD*, el apocalipsis ya ha sido presagiado en las tradiciones orales de varios pueblos indígenas. En el almanaque maya se predice el devenir de la era del "Perro de Ojo Muerto" ("Death-Eye Dog"), una época de catástrofes, caos y transformaciones radicales: "But the mention of the artificial white circle in the sky could only have meant the return of Death Dog and his eight brothers: plague, earthquake, drought, famine, incest, insanity, war, and betrayal." (572)

Según los mayas en *AD* la era del Perro de Ojo Muerto se inició con la llegada de los colonizadores europeos y lleva reinando 500 años. Según esta civilización, otras tribus indígenas podrían denominar la época de forma diferente. Sin embargo, sea cual sea el modo de adelantar este acontecimiento, se trata de un período de tiempo duro y cruel de sufrimientos, masacres y destrucciones (251).

En la novela, según el abuelo indígena de Menardo, mestizo mexicano que se hace rico con su compañía

> 印第安
> 生态文学
> 西尔科与
> 霍根的反思

Literatura ecológica indígena reflexiones de Silko y Hogan

aseguradora Universal Insurance (260), la era del Perro de Ojo Muerto también es conocido por su gente como el reinado del "Guacamayo de Ojo de Fuego" ("Fire-Eye Macaw"). En la época del Perro de Ojo Muerto, el sol se hace cada vez más caliente, quemando a todos los seres (257-258). En la novela, ambas profecías indican que la era del Perro de Ojo Muerto o el reinado del Guacamayo de Ojo de Fuego, traída por los europeos, es convulsivo y acabaría pronto con las catástrofes naturales.

La forma de cómo Silko estructura *AD* presenta similitudes al mito del Quinto Mundo navajo. El mito del Quinto Mundo es propio de la cultura azteca, navajo y hopi. Pese a las distintas versiones, se cuenta que el presente mundo, denominado como el Quinto Mundo, se estructura sobre los cuatro mundos anteriores, también entendidos como los cuatro ciclos de vida y muerte. Aunque estos varían según las tribus, en *AD*, Silko emplea una estrategia novelística panindígena que mezcla los elementos culturales de muchas tribus indígenas, por ejemplo, los pueblos maya, apache, lakota, hopi, laguna y yaqui.

De hecho, la era del Perro de Ojo Muerto y el reinado del Guacamayo de Ojo de Fuego también presenta similitudes al Mundo del Atardecer en el mito de creación maya y el Umbral del Quinto Mundo en la mitología hopi. De acuerdo con los mitos maya y hopi, ambas épocas hacen referencia a un período transitorio caótico y convulso que se sitúa entre el mundo antiguo y nuevo.

La temporalidad entendida como caos existe en la

cosmogonía de muchos pueblos indígenas americanos. Por ejemplo, como apunta el semiólogo argentino y figura central del pensamiento decolonial, Walter D. Mignolo, en la cosmología aimara y quechua, *Pachacuti*, entendido literalmente como la "guerra del tiempo", hace referencia a un "disturbing alteration of the order of things" (158). Bajo su concepto de tiempo cíclico, el periodo perturbador es transitorio y temporal y está en una repetición recurrente de lo regular-irregular. Por eso, la conquista española, según lo percibido en la cosmología aimara y quechua, es espontánea y lo europeo está por ser incorporado a lo indígena (157-158).

Dejando a un lado la fuente concreta del mito, Silko indigeniza el apocalipsis mediante la profecía indígena que, en vez de presentar el apocalipsis con un tono trágico, lo describe como un proceso inevitable debido a "algo mal hecho", un trayecto indispensable para corregir los errores y recuperar la armonía y regularidad.

En *AD*, con la era del Perro de Ojo Muerto y el reinado del Guacamayo de Ojo de Fuego, Silko hace referencia a una época de colonización iniciada por la conquista europea que continúa hasta hoy día. Con esto, indica que la amoralidad del orden mundial establecido por el colonialismo europeo, como "algo mal hecho", no ha terminado. Sin embargo, este es apreciado como un período transitorio que finalizará en poco tiempo.

Así pues, en *AD*, interpretando las catástrofes naturales apocalípticas mediante las profecías antiguas, los activistas indígenas perciben el fin del mundo con

> 印第安
> 生态文学
> 西尔科与
> 霍根的反思

Literatura ecológica indígena
reflexiones de Silko y Hogan

optimismo, considerando estas predicciones ancestrales como un suceso que desmantelará la estasis del colonialismo en el continente americano.

En esta novela, la indigenización de la naturaleza en base a la cosmogonía nativa realizada por los activistas indígenas, reconoce y deja entrever la agencialidad de la naturaleza. Se observa cómo estos consideran las catástrofes naturales apocalípticas como una venganza de la Madre Tierra contra sus explotadores. Por ejemplo, Barefoot Hopi declara: "The tribal people had tried to warn the Europeans about the earth's outrage if humans continued to blast open their mother. But now all the warnings were too late." (618)

Según Mignolo, la colonización también representó el proceso de la imposición de la cosmovisión europea sobre la indígena, incluyendo el concepto mismo de "naturaleza". Lo natural, en la religión judeo-cristiana, es configurado para ser dominado por Dios, existiendo como un antagonismo de las fuerzas culturales y humanas. Sin embargo, en la cosmovisión indígena, por ejemplo, aimara o quechua, no existe tal distinción. Los conceptos como Madre Tierra y Pachamama se entienden como la fuente de energía que nutre todas las formas de vida, incluidos los seres humanos (Mignolo 11).

Entonces, percibida bajo la cosmovisión indígena, la objetivación de la naturaleza, su consiguiente explotación y comercialización se considera una violación de la Madre Tierra y de todas las vidas. De igual manera, en *AD*, los indígenas consideran a los colonizadores como los "invaders and destroyers of Mother Earth" (722). Los rebeldes indígenas observan los desastres naturales como una venganza de la Madre Tierra contra los explotadores euroamericanos.

Un caso ejemplar puede verse al observar la actitud de Calabaza, ayudante yaqui de las hermanas gemelas Lecha y Zeta, quien avisa de que los mayores de su tribu ya han advertido de la venganza de la Madre Tierra en la forma de una serie de desastres naturales: "The old-time people had warned that Mother Earth would punish those who defiled and despoiled her. Fierce, hot winds would drive away the rain clouds; irrigation wells would go dry; all the plants and animals would disappear. Only a few humans would survive." (632)

Adicionalmente, en *AD*, los activistas indígenas justifican su labor como parte de la rebelión de la Madre Tierra. Por ejemplo, una de las metas de la tropa maya es "protect Mother Earth from destruction" (518). Y según el poeta-abogado Wilson Weasel Tail, los indígenas tienen armas y están preparados para luchar, porque "if they didn't fight, they would be destroyed and Mother Earth with them" (748-749). Apoyando esta idea, la novela muestra cómo la filosofía de lucha de Barefoot Hopi reside en la espera: hay que esperar el momento en el que los espíritus de fuego, viento, agua y montaña se rebelen y, para aquel entonces, los seres humanos se unirán a la fuerza rebelde de la naturaleza (617).

Con la subversión indígena del apocalipsis ecológico, los activistas alían la naturaleza a los de abajo: pese a

> 印第安
生态文学
西尔科与
霍根的反思

Literatura ecológica indígena
reflexiones de Silko y Hogan

su poder destructor y catastrófico, esta actúa junto a los colectivos más desfavorecidos frente al capitalismo. Históricamente, la colonización fue una explotación paralela de la naturaleza y los sujetos no europeos objetivando y subalternando a ambos. Hoy en día, bajo el mecanismo económico capitalista, la naturaleza y los seres humanos siguen siendo tratados como meros recursos naturales y humanos. Todo esto tiene como consecuencia los constantes desastres naturales y la creciente brecha social.

En ambos casos, la naturaleza y los grupos sociales desfavorecidos son sacrificados. Se suele pensar que los desastres naturales son "neutrales" y "democráticos" o, dicho de otra forma, que afectan a la humanidad de forma igual. Esto, no obstante, no es verdad. Aquellas poblaciones más pobres son las víctimas más debilitadas y afectadas por los desastres naturales. Como señala la crítica literaria Priscilla Wald, a pesar de que los desastres naturales como las inundaciones y tornados azotan igualmente a las personas sin distinción de la clase social ni la raza, la frecuencia y las consecuencias de estos varían:

> Conditions of poverty significantly increase susceptibility to their ravages by influencing factors such as the ease with which people can leave a hazardous area temporarily or permanently; their access to information and communication; their access to education, shelter, nutritious food, and health care; their political clout;

and the resources that facilitate recovery following a calamitous event. (150)

Silko convierte los desastres naturales en los aliados de sus "víctimas", es decir, los grupos sociales desfavorecidos. De esta forma, consigue infundir una agencialidad ecologista de corte anticapitalista en la noción de naturaleza. Según establecen los activistas indígenas en *AD*, la fuerza desastrosa de la naturaleza es el peor enemigo de los ricos al "robarles" la riqueza acumulada a través de la destrucción del mundo natural. Por ejemplo, según El Feo, otro líder de la tropa maya, los desastres naturales son los aliados de los pobres, indígenas y otros grupos desposeídos (513).

También, de acuerdo con lo que comenta el personaje de Zeta, los terremotos y maremotos "would wipe out entire cities and great chunks of U.S. wealth" (755) y las sequías obligarán a los refugiados hacia el norte suscitando rebeliones, guerras y crisis de todo tipo (756). Barefoot Hopi declara que un terremoto es la mejor ocasión para comenzar el levantamiento de los prisioneros políticos, porque este produciría un corte de electricidad: "Darkness was the ally of the poor." (513)

A partir de este momento, de acuerdo con Barefoot Hopi: "One uprising would spark another and another." Pronto los levantamientos estallarán por las Américas y todo el mundo (513). Por esto, según, este personaje, la gente solamente necesita esperar pacientemente el devenir de las catástrofes naturales para unirse a la fuerza

> 印第安
生态文学
西尔科与
霍根的反思

Literatura ecológica indígena
reflexiones de Silko y Hogan

de la naturaleza y, entre todos, acabar con el orden social injusto: "They were waiting for the right moment—for certain conjunctions between the spirit forces of wind, fire, water, and mountain with the spirit forces of the people, the living and the dead." (617)

Aquí, la fuerza espiritual del viento, fuego, agua y montaña implica dos niveles de significado. Primero, al indigenizar los desastres naturales con su cosmovisión, los personajes indígenas en *AD* reconocen la espiritualidad y agencialidad ecologista de la naturaleza. Por eso, justifican su lucha viéndola como parte de la venganza de la naturaleza contra los violadores de la Madre Tierra.

Segundo, no satisfecha con la condición de víctima de los grupos sociales más debilitados frente a los desastres naturales, Silko infunde un significado positivo y un espíritu ecologista a las catástrofes naturales apocalípticas, convirtiéndolas en las compañeras de batalla de sus "víctimas".

2.3 Los desastres naturales apocalípticos y su indigenización en *Solar Storms*

En *SS*, Linda Hogan presenta unos escenarios apocalípticos basados en las inundaciones causadas por la construcción de una central hidroeléctrica. Durante el viaje en canoa al norte, las cuatro mujeres procedentes de Adam's Rib comprueban la desviación y desaparición de los ríos, la inundación de las islas y la extinción de muchas hierbas con valor medicinal. Cuando pasan por la isla donde habitan los Sleepers, un pueblo indígena ficticio, estas se enteran de la historia de una anciana indígena, que, negándose a abandonar su casa, ha muerto ahogada (Hogan, SS 204-205).

Al ser testigo de la devastación apocalíptica causada por la inundación durante el viaje en canoa, Angel siente que ella "had seen the order of the world reversed" (212). De vuelta a Adam's Rib, Bush y Angel se encuentran con el lugar medio inundado. Pues ven cómo el agua está empezando a subir lentamente sin cesar, ahogando poco a poco a los animales. Al final, exceptuando el "Camino de Cien Años" ("Hundred-Year-Old Road"), que es una carrera donde viven los ancianos de Adam's Rib, Adam's Rib y Fur-Island quedan sumergidos por las aguas. En el último capítulo de la novela, la protagonista vuelve a Two-Town y lo encuentra totalmente inundado y con sus habitantes forzados al desplazamiento.

En SS, los escenarios causados por las inundaciones crean un ambiente apocalíptico. Para los indígenas de Adam's Rib y Two-Town, la inundación de sus hogares les supone la caída del universo en el que habitan. Sin embargo, en SS, Hogan no plasma las inundaciones apocalípticas como escenarios totalmente horrorosos, trágicos y desesperantes. Por ejemplo, a la hora de presentar la inundación de Adam's Rib, Hogan destaca cómo las aguas están subiendo lenta y progresivamente inundando la isla. A lo largo del capítulo 20 se repiten frases como "the water still rising slowly" (335), "the

> 印第安生态文学
> 西尔科与霍根的反思

Literatura ecológica indígena
reflexiones de Silko y Hogan

water was still rising and going to rise" (335), "the water was rising" (337) y "the water continued to rise" (337).

Los personajes indígenas, en vez de escapar asustados y desesperados, aceptan la inundación con tranquilidad e incluso con reverencia. Por ejemplo, sabiendo que la casa de Dora-Rouge acabaría siendo sumergida, Bush insiste en limpiarla para hacer el sitio "presentable for water" (337). Los indígenas en *SS* no ven el devenir de la inundación como un acto pasivo de "ser inundado", sino que las aguas, como un ser sintiente con agencialidad y poder sagrado, reclaman todo lo que encuentran a su paso, incluidas las vidas que crea, "We didn't want to lose that little broken-off raft of land [the Fur Island] in all the greedy, hungry water that was... laying claim to everything it once created." (338)

En *SS*, los indígenas reconocen el agua como un ser con poder creativo, pero al mismo tiempo, destructivo. Para estos, las aguas son "great natal waters" (Hogan, *SS* 81), es decir un poder creativo que da vida a los seres. Consideran el agua como el constituyente fundamental del organismo de muchos seres vivos, incluidos los humanos. Por ejemplo, tal y como apunta Angel, el ser humano es "alive water" (350). El agua es "the sweetness of milk and corn and it had journeyed through human lives", es decir, un alimento de las vidas indígenas (78). Del mismo modo, ven el agua como un ser transformador con poder destructivo.

En la novela, el agua es un símbolo que aparece frecuentemente en la forma de río, mar, lluvia, tormenta, nieve y hielo. Mientras que la lluvia, el río y el mar simbolizan un poder creativo que engendra y alimenta las vidas. Hogan presenta la nieve, el hielo y la tormenta como poderes destructivos e incluso malévolos. Así, relaciona la nieve y el hielo con el perenne frío invernal de la Región de los Grandes Lagos, que históricamente solía causar la hambruna de los pueblos indígenas de la zona. La escritora acude a la figura mitológica del wendigo para plasmar el poder destructor de la nieve y hielo. Este personaje mítico existe en la cultura de los pueblos del habla algonquina, por ejemplo, los cree, los ojibwa, y los naskapi. Debido a la escasez alimentaria resultante de los inviernos duros y largos en la Región de los Grandes Lagos, los mitos algonquinos suelen relacionar el wendigo con el canibalismo. Pese a las diversas versiones, es un ser sobrenatural demoníaco, codicioso y caníbal. Su espíritu malévolo suele ser descrito como un humanoide de aspecto bestial con su esqueleto y corazón hecho de hielo. Para satisfacer su codicia, tiene que consumir incesantemente la carne humana. Las personas poseídas por él, se vuelven enloquecidas y monstruosas con muchos deseos de comer carne humana.

En *SS*, debido al monopolio del comercio de piel en manos de los exploradores euroamericanos, los tramperos y cazadores indígenas se ven obligados a cazar excesivamente para mantenerse con la vida. Por ejemplo, según cuenta Tulik[1] a Angel, él y muchos otros cazadores

---

[1] Personaje de la tribu norteña ficticia Comedores de Grasa, a la que pertenece la bisabuela de Angel, Dora-Rouge.

▶ 印第安
生态文学
西尔科与   Literatura ecológica
霍根的反思   indígena
reflexiones de Silko y Hogan

nativos tuvieron que cazar excesivamente en el invierno de 1948 para adquirir comida y otros suministros (237). Como consecuencia de la caza excesiva, las poblaciones indígenas sufrían hambrunas durante los largos y duros inviernos norteños. En la novela, además de las violencias sexuales, la madre y abuela de Angel, Loretta y Hannah Wing también son víctimas de las hambrunas. Esta última es capturada y poseída por el wendigo y muestra características caníbales al morder a Angel en su frente. La figura de Hannah está muy relacionada con el hielo y el frío. Aparece por primera vez en Adam's Rib sobreviviendo una tormenta con todo su cuerpo helado (34). Bush le aclara a Angel, en su sueño, que Hannah ha quedado en lo profundo del lago congelada (12). Ella, al igual que las personas poseídas por el wendigo, posee un corazón congelado. El único remedio para estas personas poseídas por el espíritu demoníaco es "to thaw the person's heart, to warm it back into water" (13). Sin embargo, en la novela se muestra que no hay ninguna manera de calentar el corazón de Hannah (12-13).

El wendigo, símbolo de la codicia, también representa el carácter devorador del capitalismo para los pueblos indígenas. En *SS*, la expansión de la economía capitalista a las zonas habitadas por las tribus del norte agrava la escasez alimentaria en los inviernos duros y largos. Por una parte, el comercio de pieles es sustento de vida indígena aunque también pone los animales como el castor y el lince en peligro de extinción. Por otra parte, la tribu ficticia Comedores de Grasa y otras comunidades nativas norteñas acaban siendo incorporadas al mecanismo económico capitalista convirtiéndose en mano de obra y cómplices de la extinción animal. Todo eso conduce a la caza intensiva, agrava la hambruna invernal y aumenta, por tanto, los casos del canibalismo en la narrativa.

Los personajes Hannah y Loretta son caníbales, cuya historia individual forma parte de una miseria colectiva indígena. Por ejemplo, contando el relato sobre una mujer caníbal en el año 1936, Dora-Rouge, bisabuela de Angel, apunta: "Even in the 1930s, these things happended."(248) Con "these things", Dora-Rouge hace referencia al canibalismo.

El desarrollo capitalista descontrolado está basado en la explotación de los recursos naturales y la labor humana. El hecho de que el wendigo se alimente de la carne humana revela la índole consumidora del capitalismo, que apropia los recursos naturales vitales para las tribus norteñas en *SS*. En este sentido, la nieve y el hielo no solamente representan un poder destructivo para las vidas humanas como consecuencia del frío invernal, sino que también se entienden como un poder malévolo y devorador derivado del wendigo, símbolo del capitalismo colonialista.

En la narración, Hogan presenta la tormenta como un poder destructor derivado del agua, y la utiliza como una metáfora del racismo estructural contra los indígenas. Metaforizando la injusticia social contra los indígenas con la tormenta, Hogan destaca lo irresistible del racismo estructural, es decir, la impotencia indígena frente al poder euroamericano.

▶ 印第安
生态文学
西尔科与
霍根的反思

Literatura ecológica
indígena
reflexiones de Silko y Hogan

En *SS*, la figura de Hannah representa el sufrimiento colectivo indígena debido a la injusticia social alargada. A nivel personal, es una mujer loca debido a las violaciones sexuales y el maltrato ejercido por su madre insana, Loretta. Hannah es violenta y cruel, y se le muestra maltratando a su hija, Angel, y matando al perro de Bush. Debido a esta actitud, Angel también acaba sufriendo problemas mentales.

A nivel colectivo, Hogan crea a Hannah como la metáfora de las históricas violaciones racistas contra los nativo-americanos. Su cuerpo, cubierto de cicatrices, es un cuerpo sitiado, un campo de batalla donde se inscriben las firmas de los torturadores (99). El cuerpo de Hannah simboliza un mundo indígena arruinado debido a la sangrienta historia colonial. Se trata de un lugar del encuentro, donde "time and history and genocide gather" (101). Las cicatrices son un registro de la historia indígena: "Some of her [Hannah] ancestors walked out of death, out of a massacre." (101)

En *SS*, además de plasmar a Hannah como una víctima capturada por el wendigo, Hogan también la presenta como una mujer poseída por la tormenta. El personaje está inicialmente relacionado con este fenómeno desde su aparición, pues ya Bush la encuentra por primera vez después de una tormenta. Bush ve a Hannah, que "walked out of the dark, cold water", como una mujer "born of the storm" (97). Azotada y destruida por la tormenta, ella forma parte del poder destructivo de la tormenta arrasando todo lo que se encuentre a su paso, incluida su hija Angel.

Según Bush, Hannah parece una "storm looking for a place to rage" y congela a cualquiera que se le acerque (76). Angel, reflexionando sobre su madre, dice: "Things and people fell into her like into the eye of a storm, and they were destroyed." (105) Al leer la historia de Hannah, paralela a la siguiente frase de Angel, se aprecia que Hogan utiliza la tormenta como una metáfora del racismo estructural euroamericano.

Piensa Angel sobre la historia de su familia que ellos son "those who walked out of bullets and hunger, and even that walking was something miraculous" (105). Reflexiona la chica protagonista, "Even now I think of it. How the wind still sweeps us up in it. Even now there are places where currents meet and where people are turned to ice." (105) Las balas y hambrunas pueden entenderse como las consecuencias de la colonización y el continuo racismo estructural.

Se observa un paralelismo de la andanza indígena en medio de las balas, las hambrunas y la supervivencia de Hannah en la tormenta. Entonces, con la metáfora de la tormenta, Hogan destaca lo irresistible de las violencias garantizadas por un sistema racista estructural. Sin embargo, este personaje se encuentra entre los que no han podido sobrevivir en la "tormenta", o sea, la injusticia social, por lo que termina destruida por ella.

En *SS*, el poder creativo y destructivo del agua se manifiesta simultáneamente en la "Hambrienta Boca

> 印第安
> 生态文学
> 西尔科与
> 霍根的反思

Literatura ecológica indígena
reflexiones de Silko y Hogan

de Agua"("Hungry Mouth of Water"). Ubicado entre Adam's Rib y Fur Island, la Hambrienta Boca de Agua, es un vórtice de agua que no se congela en el invierno. Los jóvenes lo consideran como una fuente termal denominándolo el "Punto Cálido"("Warm Spot"). Los mayores de Adam's Rib, al ver el agua como un ser sintiente, lo consideran la boca del agua y lo nombran la Hambrienta Boca de Agua.

Por una parte, la Hambrienta Boca de Agua es peligrosa, pues durante el invierno, no sabiendo que la capa de hielo sobre la Hambrienta Boca de Agua es tan fina que no puede soportar su peso, muchos animales y cazadores se caen al agua. Por otra parte, Hogan lo plasma como aguas maternales (138), es decir, algo con poder engendrador como el líquido amniótico. Los animales y personas que se ahogan en la Hambrienta Boca de Agua no se sumergen hasta el fondo, sino que siguen flotando sobre las aguas conservando su apariencia física como si esperaran su renacimiento (63). En *SS*, se muestran los cuerpos de los animales muertos que flotan sobre la Hambrienta Boca de Agua preservados con sus ojos abiertos, negros y brillantes (63). Una chica llamada Helene se cae al agua y Angel ve su cuerpo "floating in those maternal waters of Lake Grand, like an infant waiting to be born instead of a woman who'd just gone into death" (138).

Aceptando el valor tanto benéfico como destructivo de la Hambrienta Boca de Agua, los indígenas de Adam's

Rib, lo adoran y le proporcionan ofrendas (63). El respeto, reverencia, temor y agradecimiento que sienten hacia esta, ejemplifica su actitud compleja sobre el agua y explica la causa por la cual los personajes indígenas en *SS* aceptan la inundación apocalíptica con tranquilidad e incluso reverencia.

El hecho de que ellos acepten el poder beneficioso y destructor del agua y que no perciban las inundaciones apocalípticas como el fin del mundo, no supone, no obstante, que se dejen llevar por el proyecto hidroeléctrico. Al igual que los indígenas en *AD*, los indígenas en *SS* se preparan para el mundo posapocalíptico. El viaje en canoa de las cuatro mujeres indígenas también es un viaje para colectar las semillas de las plantas para el mundo posapocalíptico (Hogan, *SS* 137).

Al igual que Silko, Linda Hogan infunde un espíritu revolucionario a las catástrofes naturales. El reconocimiento del agua como un ser sintiente con voluntad y agencialidad por parte de los activistas indígenas en *SS*, justifica su lucha viéndola como la conjunción indígena con la fuerza rebelde del agua, que se niega a ser constreñida por el poder humano.

Por ejemplo, cuando acaba de llegar a Two-Town, donde se ven los Comedores de Grasa, es decir la gente de Dora-Rouge, Angel siente la furia y la voluntad rebelde del agua debido a la construcción hidroeléctrica que está a punto de suceder: "An ice jam at the Riel River would break loose and rage over the ground, tearing

> 印第安生态文学
> 西尔科与霍根的反思

Literatura ecológica indígena
reflexiones de Silko y Hogan

out dams and bridges, the construction all broken by the blue, cold roaring of ice no one was able to control. Then would come a flood of unplanned proportions that would suddenly rise up as high as the steering wheels of their machines." (224) Bajo la visión indígena, el agua, en vez de ser muda o pasiva, resiste el poder humano negándose a ser transformada.

Al igual que los activistas indígenas en *AD*, los de *SS* ven las inundaciones como la venganza de la naturaleza contra la civilización tecnológica y cientificista. Perciben su devenir con optimismo y justifican su activismo como la convergencia humana con la fuerza revolucionaria de la naturaleza cumpliendo lo que el agua no podía hacer. Angel sigue pensando: "The Indian people would be happy with the damage, with the fact that water would do what it wanted and in its own way. What water didn't accomplish, they would." (224)

En ambas novelas, tanto Silko como Hogan no presentan un mundo futuro posapocalíptico. Sin embargo, las dos autoras adelantan un nuevo mundo más justo social y ecológicamente.

En *AD*, la lucha indígena tiene como el objetivo principal la recuperación de las tierras americanas. No obstante, la recuperación de las tierras no supone su privatización por parte de los pueblos indígenas ni de otros grupos, sino la devolución de las Américas a la Madre Tierra y el compromiso de cuidarla y respetarla a cambio de alimentos. Esta tarea revolucionaria implica dos niveles de significado ecologista.

Primero, un mundo más justo en cuanto a la distribución de los bienes socioeconómicos. En *AD*, el proyecto ecologista de Angelita La Escapía, capitán del ejército maya, es el de recuperar el sistema económico comunal tribal en el que la gente "had shared food and wealth in common for thousands of years" (Silko, *AD* 408). En vez de ser un igualitarismo, la agenda política del personaje se entiende mejor como un mecanismo distributivo más justo.

Segundo, en *AD* los activistas indígenas prometen compartir las tierras americanas recuperadas con cualquiera que se comprometa a respetar y cuidar la Madre Tierra. Por ejemplo, uno de los líderes de la tropa maya, El Feo, dice: "When they had taken back all the lands of the indigenous people of the Americas, there would be plenty of space, plenty of pasture and farmland and water for everyone who promised to respect all beings and do no harm." (518)

La propuesta ecologista de El Feo sugiere una justicia ecológica, o sea, hacer justicia a la naturaleza. El hecho de tomar el respeto y cuidado de la naturaleza como el requisito previo de una justa distribución de los materiales primarios entre los seres humanos politiza la naturaleza. Asimismo, la considera como un sujeto político equivalente a los seres humanos en el pacto social. En *AD*, Silko sugiere un mundo donde se distribuyen de forma justa los bienes entre el resto de agencialidades sintientes, tanto humanas como no-humanas.

En *SS*, a pesar de que Hogan termina la novela con las inundaciones de Adam's Rib y Two-Town sin plasmar el mundo posapocalíptico por el acercamiento al cíclico, los desastres naturales apocalípticos, no suponen el fin del mundo sino un nuevo comienzo.

En *SS*, Hogan presenta un constante proceso de creación. Por ejemplo, volviendo a Adam's Rib de Two-Town, Angel y Bush sienten que las dos "walked into another day of creation" (334). Al final de la novela, cuando Adam's Rib y Two-Town han sido inundados, la voz de Dora-Rouge, ya fallecida, susurra en la oreja de Angel diciéndole que "creation is not yet over"(350). Bajo la visión indígena en *SS*, la vuelta a la creación mediante la reintegración humana al agua supone la descomposición de los órdenes mundiales y los valores antropocéntricos. Dicho de otra forma, una descentralización humana. Reincorporados a las aguas, los humanos, en vez de ser unos seres superiores u omnipotentes, son iguales que otros: no son sino unas gotas en el enorme mar.

Además, dado el significado simbólico del agua como las aguas maternales en *SS*, es decir, un poder creativo y engendrador, la vuelta humana a esta, simboliza un estado inicial de la vida, como un feto en el líquido amniótico. En esta etapa embrionaria de la vida orgánica humana, que se encuentra muy frágil y delicada, el líquido amniótico adquiere una función fundamental y crucial para nutrir y mantener el embrión. Con este estado delicado de la vida humana y su dependencia del líquido amniótico, Hogan destaca las funciones fundamentales de la naturaleza para los seres humanos y sugiere un desaprender del antropocentrismo, según cuya lógica, el hombre es el conquistador y dueño del mundo natural.

Se ha de destacar que Silko y Hogan no sugieren una vuelta al pasado preindustrial ni premoderno. Ambas autoras presentan una actitud positiva sobre la ciencia y la tecnología. En *AD*, Zeta colabora con el hacker coreano Awa Gee, quien, con sus conocimientos de informática ataca los sistemas informáticos de las empresas energéticas destructoras de la naturaleza. El coreano inventa una máquina para ayudar a la naturaleza a curarse del deterioro ecológico y a los pobres a rebelarse (683-684).

En su novela, Hogan indica que las teorías de Albert Einstein coinciden con la visión indígena sobre el tiempo: es cíclico, en vez de lineal (64). Un indígena de Adam's Rib llamado Husk pretende comprobar la perspectiva nativo-americana sobre el sentir de los seres vivos con la ciencia (35).

Las autoras ven las similitudes compartidas entre los conocimientos indígenas y científicos. Destacan el valor

> 印第安
> 生态文学
> 西尔科与
> 霍根的反思

Literatura ecológica
indígena
reflexiones de Silko y Hogan

de la ciencia, libre de los valores antropocéntricos, para proteger el medioambiente. Así pues, con los escenarios apocalípticos, en vez de sugerir una vuelta al pasado premoderno, Silko y Hogan desmantelan el injusto orden socioambiental y las ideas antropocéntricas con las tradiciones indígenas.

Capítulo 3
La identidad ecológica indígena

En ambas novelas, las autoras presentan personajes ecológicos. Esto se refleja, por una parte, en el trauma de Sterling y Angel, indígenas forzosamente desplazados, así como en la curación de su enfermedad psíquica con el establecimiento de sus conexiones con la tierra natal y el mundo no-humano. Por otra parte, las figuras indígenas son muy conscientes ecológicamente, lo que sirve para deconstruir la estereotipación de los pueblos nativo-americanos, así como su literatura.

Para el análisis de la redefinición de la otredad indígena, se va a explicar en primer lugar la canonización de la literatura nativo-americana, así como la construcción del Otro indígena, en concreto los términos de "indio" y "raza".

3.1 La canonización de la literatura nativo-americana y la otredad indígena

Leslie Marmon Silko y Linda Hogan dedican una porción considerable de sus novelas al activismo indígena. En *AD*, la resistencia indígena se caracteriza por lo amplio en cuanto a la escala temporal y espacial,

> 印第安
> 生态文学
> 西尔科与
> 霍根的反思
>
> Literatura ecológica
> indígena
> reflexiones de Silko y Hogan

lo radical y violento con respecto a la forma. Por ejemplo, en su cuaderno, Angelita la Escapía, capitán del ejército rebelde maya, apunta a las rebeliones indígenas en las Américas desde 1510 hasta 1945 (Silko, *AD* 527-530). Las entradas en el almanaque recuerdan de forma conjunta las luchas de los indígenas yaquis, apaches y mayas.

En el tiempo presente de la novela, los activistas indígenas organizan movimientos ecologistas con el objetivo de acabar con las órdenes sociales injustas. Para ello, los activistas indígenas forman coaliciones con otras tribus indígenas, otras personas de color, los pobres euroamericanos, los activistas ambientales y las personas de los países poscoloniales americanos, africanos y asiáticos.

En *SS*, los últimos 9 capítulos (del capítulo 13 al 21), tratan sobre la lucha indígena en Two-Town contra el proyecto hidroeléctrico. A diferencia de la resistencia indígena radical, revolucionaria y extralegal presentada en *AD*, en *SS* es menos violenta. Los activistas indígenas, en esta última, adoptan estrategias tanto legales (mediante la demanda jurídica) como extralegales, por ejemplo, el bloqueo del ferrocarril (Hogan, *SS* 34), con características de *Blockadia*. Al igual que los activistas indígenas en *AD*, los activistas *grassroots* en Two-Town también forman coaliciones con otras tribus indígenas y otros grupos sociales, por ejemplo, los habitantes euroamericanos de Two-Town (281;301) y los nómadas (302).

Sin embargo, la presentación del activismo indígena en las dos novelas ha provocado mucha polémica académica. El lenguaje ofensivo, el tema político y la revolución indígena en *AD* suscitaron horrores y hostilidades entre los críticos literarios y lectores, que habían esperado una novela tan auténticamente indígena como *Ceremony*, la célebre novela que le ganó a Leslie Marmon Silko la aceptación académica, posicionándola como una de los autores nativo-americanos con mayor fama e influencia (Tillett, "'The Indian Wars'" 21).

Existen múltiples críticas contra el estilo literario de *AD*. Según Sven Birkerts, en su "Apocalypse Now: A Review of Leslie Marmon Silko's *Almanac of the Dead*" (1991), la novela presenta un déficit de sentido común que reduce el valor literario a la nada (citado en Tillett, "'The Indian Wars'" 26). Alan Ryan, en su "An Inept *Almanac of the Dead*", publicado en *USA Today* del 21 de enero de 1992, considera la novela desagradable e insípida (citado en Adamson, *American Indian Literature* 130-131).

Melody Graulish apunta que en *AD* están ausentes el lirismo sensual y el rico tratamiento de la tradición indígena que caracterizan *Storyteller* y *Ceremony* (citado en Adamson, *American Indian Literature* 130). El tratamiento del tema político, un contenido no deseado para la literatura nativo-americana, con una posición muy radical, ofensiva y agresiva le trajeron a Silko críticas muy duras.

Para el crítico literario Sven Birkerts, la propuesta política de reclamar la recuperación de las injusticias históricas y de las tierras americanas es ingenua y contraria a las leyes objetivas de cómo funciona el poder (citado en Tillett, "'The

> 印第安
> 生态文学
> 西尔科与
> 霍根的反思

Literatura ecológica indígena
reflexiones de Silko y Hogan

Indian Wars'" 41). Alan Ryan califica el proyecto ecologista indígena en *AD* inválido, ilógico e irrazonable (citado Adamson, *Native American Indian Literature* 130-131). En *SS*, Linda Hogan no presenta un lenguaje ni propuesta política tan ofensiva y radical como Silko. En toda la novela, incluidos los últimos nueve capítulos, Hogan mantiene su estilo lírico. Sin embargo, el tratamiento de la resistencia indígena de los capítulos 13 al 21 también le trajeron críticas. Por ejemplo, según el filólogo Robert L. Berner, la resistencia indígena contra un proyecto hidroeléctrico tratada en los últimos capítulos de la novela, contrasta con el estilo lírico, rompe con el ambiente místico y provoca una sensación de exasperación (citado en Jim Tarter 141). Obviando la cuestión estilística, parece que el enfoque político y pragmático orientado a la resistencia indígena en ambas novelas molesta a gran parte de la crítica.

La intolerancia académica sobre el tratamiento del tema político y el activismo indígena en *AD* y *SS* nos conduce a lo que Joni Adamson denomina la canonización de la literatura nativo-americana, la cual estaría caracterizada por una extensión breve, personajes completamente desarrollados, una narrativa lineal carente de retórica política y polémica (*American Indian Literature* 130).

Según Adamson, a pesar de que el llamado renacimiento literario nativo-americano hace referencia a un conjunto de obras literarias escritas por autores indígenas, esta es una literatura con paradigmas estrictamente establecidos por los críticos literarios euroamericanos (130-133). El motivo de crear una literatura nativo-americana reside en que las obras literarias agrupadas en dicha literatura satisfacen la expectativa, curiosidad e imaginación euroamericana sobre lo indígena, cuyas poblaciones son romantizadas como gente antigua, misteriosa y tradicional (133).

Una manifestación de esta canonización es lo que Martín Junquera denomina la "imposición terminológica" del realismo mágico sobre la literatura nativo-americana (*Literaturas chicana* 11). Según esta autora, los elementos sobrenaturales derivados de los mitos, la convivencia de vivos y muertos, el estado onírico, el tiempo cíclico, la presencia de curanderos y chamanes, el uso de zoomorfización, antropomorfización y cambios de estado en las ficciones escritas por los autores indígenas, etiquetan esta literatura del realismo mágico (14).

Los críticos suelen enfatizar estos elementos mágicos dejando al lado el realismo. Ignoran el hecho de que "lo sobrenatural"(definido según los criterios occidentales), constituye una realidad total para los personajes indígenas, que perciben e interpretan el mundo según su marco cultural particular (*Literaturas chicana* 16; 139-141). Por eso, bajo la etiqueta de la literatura nativo-americana del realismo mágico, de acuerdo con Martín Junquera, están subyacentes el eurocentrismo y el imperialismo cultural. Las diferentes técnicas y elementos narrativos, fundamentados en

> 印第安
> 生态文学
> 西尔科与
> 霍根的反思

Literatura ecológica
indígena
reflexiones de Silko y Hogan

la tradición oral, la espiritualidad, la cosmología y la mitología del Otro indígena, son negados como componentes de un realismo definido según los paradigmas literarios occidentales (13; 137-140). Lo perjudicial de esta crítica reside en que, al calificar la tradición cultural indígena de mágica y sobrenatural, despolitiza su expresión literaria e imposibilita el proyecto cosmopolítico. Este imperialismo cultural que predomina en la canonización de la escritura de los autores indígenas o en palabras de Martín Junquera, la "neocolonización" de la literatura nativo-americana (13), es una manifestación de la continua estereotipación indígena.

Como ya se ha comentado, la demonización histórica de los indígenas como "los salvajes sanguinarios" ("blood thirsty savages") y "fieros salvajes" ("fierce savages") justificó la apropiación de las tierras indígenas (Tsosie, "Sacred Obligations" 1660). En el caso de *Johnson v. McIntosh*, el juez John Marshall declaró: "To leave them [the native americans] in possession of their country, was to leave the country a wilderness; to govern them as a distinct people, was impossible, because they were as brave and as high spirited as they were fierce, and were ready to repel by arms every attempt on their independence." (citado en Coffey y Tsosie 201) La consideración despectiva de los indígenas como estúpidos, primitivos, supersticiosos, dependientes e incapaces de pensar racionalmente justifica el paternalismo del "hermano mayor blanco", que lo decide todo en nombre de y por el bien de los indígenas (Tsosie, "Sacred Obligations" 1660).

La otra estereotipación indígena que funciona de una forma más insidiosa y oculta es la idealización de los indígenas como los "nobles salvajes" ("noble savages"), el "indio extinto" ("vanishing redmen"), el "último mohicano" ("the last of the Mohicans") y el "indio llorando" ("crying indian")[1] (1660).

La proclamación de la muerte de las culturas indígenas, el elogio a una indigeneidad vaciada de la existencia indígena y remontada a la antigüedad, justifican la desintegración de su sociedad y la asimilación cultural. En última instancia, esta amalgama de prejuicios contra estos pueblos se torna peligrosa en el sentido de que priva a los oprimidos de oportunidades para recuperar las injusticias históricas y construir un futuro prometedor.

En *AD* y *SS*, Silko y Hogan descomponen el carácter racista de la indigeneidad definido por el grupo euroamericano y lo redefinen infundiendo la agencialidad ecologista indígena. Antes de abordar el análisis textual de

---

[1] "The Crying Indian" fue una publicidad que salió al público por primera vez en el Día de la Tierra de 1971. Lanzado por la organización sin fines de lucro Keep America Beautiful, se trata de un anuncio al servicio público con el objetivo de concienciar al público para reducir la basura. En ella, un indígena interpretado por el famoso actor indígena Iron Eyes Cody, llora lamentando la destrucción de la belleza natural debido a la basura y la contaminación. La imagen del "indio llorando" apareció frecuentemente en los medios de comunicación en la década de 1970. Es un símbolo del idealismo ecológico representado por la cultura indígena, considerada como más cercana a la naturaleza.

> 印第安
> 生态文学
> 西尔科与 Literatura ecológica
> 霍根的反思 indigena
> reflexiones de Silko y Hogan

ambas novelas, se va a explicar brevemente los conceptos del "indio" y "raza". La palabra indio fue el nombre dado por Cristóbal Colón para referirse a los pueblos originarios en las Américas creyendo que había llegado a las Indias. Como una idea cultural acuñada por los europeos, el uso y popularización del término ha estado emparejados por el otro concepto, la raza. Originada en la Europa de la Edad Media, "raza" fue empleada originalmente para la cría de animales (Rosenblum y Travis 23). Fueron los colonizadores españoles los primeros que aplicaron el término de raza a los pueblos nativos del Nuevo Mundo.

De acuerdo con los antropólogos Leonard Lieberman y Larry T. Reynolds en su "The Debate over Race Revisited: An Empirical Investigation" (1978), la raza no solamente fue empleada por los colonizadores europeos para clasificar la gran variedad humana que encontraron en el Nuevo Mundo sino también para justificar la explotación y desposesión de los grupos raciales supuestamente inferiores (citado en Littlefield et al. 644).

Hacia el final del siglo XVIII, la afirmación científica sobre la raza humana aplicó el concepto como un estándar biológico aceptado tanto científica como popularmente para clasificar a las poblaciones no europeas (Rosenblum and Travis 23). La raza, como un concepto biológico de clasificación humana, conserva su significado originario en la cría de animales. Los científicos relacionaron la apariencia física, como ejemplo, el color de la piel, la textura del cabello, la forma de la cabeza, ojos, nariz, labios y cuerpo, con el comportamiento social, el nivel de civilización e inteligencia (23). Bajo la ideología racista que predominaba en la creación y evolución del concepto de raza, las personas blancas son seres humanos superiores, inteligentes y civilizados. Al otro lado de esta dicotomía racial están las personas racializadas, consideradas como seres inferiores, ignorantes y bárbaros.

A pesar de que el concepto de raza existía en todas las colonias europeas, los recién fundados Estados Unidos heredaron esta estructura social racializada. Ellos reemplazaron progresivamente la esclavitud basada en la raza por la otra forma de dominación y opresión más insidiosa, que es una "race-based distribution of political, legal, and social rights" (Rosenblum y Travis 24). La institución social del racismo se vio reflejada en el sistema de censo estadounidense.

Durante el período comprendido entre el último tercio del siglo XX y el siglo XXI, el concepto de raza ha sido científicamente cuestionado. La variedad genética, genealógica y la apariencia física humana no se explica con el concepto de raza y está más relacionada con el medioambiente y la nutrición. Académicamente, se ha llegado a un consenso de que la raza es una construcción social.

Gloria A. Marshall en su "Racial Classifications: Popular and Scientific" (1968) apunta que "both scientific and popular racial classifications reflect prevailing socio-political conditions" (citado en Littlefield

> 印第安
> 生态文学
> 西尔科与
> 霍根的反思

Literatura ecológica
indígena
reflexiones de Silko y Hogan

et al. 644). La antropóloga Katya Gibel Mevorach revela que la raza es una invención humana, cuyo criterio para la diferenciación no es universal ni fijo y que siempre ha sido usada para manipular las diferencias (240).

Imani Perry, académica de literatura y cultura afroamericana, propone que la raza ha sido producida por los mecanismos sociales y políticos (24). En "AAA Statement on Race" (1998), se afirma que "present-day inequalities between so-called racial groups are not consequences of their biological inheritance but products of historical and contemporary social, economic, educational and political circumstances" (American Anthropological Association 713).

En la década de 1960 y 1970, el Movimiento por los Derechos Civiles y el consenso académico en la antropología biológica sobre el escaso rigor científico de raza promovieron que la Oficina del Censo estadounidense cambiara oficialmente la perspectiva esencialista por la otra construccionista en cuanto a la clasificación de la población.

A partir de la década de 1980 se aplicó el método de autoidentificación en el censo para los grupos hispánicos. Este cambio inició una negociación sobre el derecho a nombrarse entre los grupos sociales que habían venido siendo definidos y la autoridad estadounidense, en representación del grupo social euroamericano como los "nondefined definers of other people" (citado en Rosenblum y Travis 102). Sin embargo, los pueblos indígenas no participaron en esta renegociación. Desde la Conquista hasta la época poscolonial, estos pueblos han sido definidos por el grupo euroamericano sin que tengan voz en el nombramiento de su etnia.

De acuerdo con Rosenblum y Travis los activistas de los movimientos civiles cambiaron el nombre de su grupo para demostrar su compromiso de cambio e infundir el orgullo y confianza colectiva[1]. Esencialmente la disputa por el derecho a nombrar, implica una disputa para reclamar el control de la identidad y poder (8-9). Históricamente, la ciudadanía estadounidense, ha tenido grandes componentes racistas. Se solía equiparar los blancos con la ciudadanía estadounidense.

Con los movimientos civiles, las personas racializadas han podido gozar de los derechos civiles igualitarios que el grupo euroamericano. Sin embargo, esta inclusión civil se basa primordialmente en la premisa del abandono de la identidad cultural particular de las minorías étnicas. La otra cara de la identidad nacional estadounidense caracterizada por el crisol de culturas es el individualismo que, según Deloria en su *We Talk, You Listen: New Tribes, New Turf* (1970), no permite la expresión colectiva de los grupos racializados (112). El pueblo estadounidense, se considera como la suma de los ciudadanos individuales.

En *AD* y *SS* los activistas indígenas se niegan a ser definidos peyorativamente por el grupo euroamericano.

---

[1] Ejemplos de la iniciativa para revindicar el control sobre el nombre colectivo son: del "negro" al "Black" , y posteriormente al "African American" por parte de los afroestadounidenses; del "Mexican American" al chicano; del "colored" al "people of color" .

> 印第安
> 生态文学
> 西尔科与
> 霍根的反思

Literatura ecológica indígena
reflexiones de Silko y Hogan

Mediante la resistencia ecologista, los grupos indígenas en ambas novelas reclaman el derecho a nombrarse a sí mismos infundiendo la iniciativa indígena en el nombramiento de su etnia.

En *AD*, Silko cuestiona el fundamento racista del término indio y lo redefine como una identidad compartida por las personas de color: la de ser colonizados históricamente y seguir siendo discriminados y oprimidos actualmente. No satisfecha con la condición de ser oprimidos y discriminados como la base de la identidad colectiva del "Indio" ("Indian")[①] recién redefinida por ella. Silko establece el espíritu ecologista como el núcleo de ser un nativo-americano.

En *SS*, a través de la resistencia, los indígenas nombrados por los blancos como Comedores de Grasa, visibilizan su existencia contra la eliminación cultural. Los indígenas Comedores de Grasa otorgan a las tradiciones antiguas una función pragmática, adaptándolas a sus prácticas en la lucha contra el proyecto hidroeléctrico. Gracias al conflicto y la renovación de las tradiciones, los indígenas Comedores de Grasa infunden su iniciativa y orgullo en su etnicidad, definido pasivamente por los euroamericanos, y logran restablecer su etnia como Gente Hermosa ("Beautiful People").

[①] En *AD*, Silko pone la palabra inglesa "Indian" (24) en mayúscula. Por eso, en caso del análisis textual sobre dicho concepto propuesto por la autora, se pone la correspondiente traducción al español en mayúscula, es decir, "Indio".

3.2 La identidad ecológica indígena en *Almanac of the Dead*

En *AD* y *SS*, las dos autoras presentan personajes con problemas psíquicos: Sterling y Angel[①], respectivamente. Son indígenas desplazados territorial, cultural y socialmente. Desde pequeños han sido separados a la fuerza de sus familias y comunidades. Crecidos y educados en la sociedad euroamericana, ambos rechazan la identidad, la tradición y la cultura indígena.

Tanto Sterling como Angel presentan rupturas de sus relaciones con sus respectivas tierras nativas y comunidades indígenas, lo que se evidencia en las enfermedades psíquicas que padecen. La curación de sus traumas con el restablecimiento de sus relaciones con sus tierras y gentes vuelve a desvelar la interconexión indígena con el mundo no-humano. Todo eso pone de manifiesto su personalidad ecológica.

3.2.1 Personaje indígena traumatizado: Sterling

Sterling, indígena laguna, trabaja en la finca de Lecha y Zeta, hermanas gemelas mestizas blanco-yaquis y

---

[①] En *SS*, Hannah y Loretta, la madre y abuela de Angel también padecen trastornos psicológicos. Sin embargo, el personaje de Angel se diferencia de estas dos figuras en el sentido de que Angel se recupera de su enfermedad psicológica. Esta experiencia de Angel en *SS* es parecida a la figura de Sterling en *AD*. Por eso, analizo las figuras de Angel y Sterling junto en esta sección.

conservadoras del viejo almanaque. De muy pequeño fue enviado al internado indígena y pasó la mayoría de su vida fuera de la reserva, trabajando en el sector ferroviario de California (Silko, *AD* 98). Cuando se retira a sus 59 años vuelve a la reserva para pasar el resto de su vida con su tía Marie. Sin embargo, un accidente arruina su vida.

Es asignado por el consejo tribal, el encargo de vigilar los lugares sagrados de la reserva, para protegerlos de los posibles sacrilegios por parte de un equipo de filmación de Hollywood. Sterling, no obstante, es incapaz de cumplir con su responsabilidad, debido al gran número de personas en el equipo, a quienes no puede controlar. El equipo de rodaje roba las varas de oración usadas en los ritos religiosos, fotografían la kiva sagrada, se bañan en el lago sagrado y filman la "serpiente gigante de piedra" ("giant stone snake"). Esta serpiente de piedra era considerada por los miembros tribales como su dios guardián, Maahastryu. La filmación de la serpiente de piedra es determinante para que el consejo tribal tome la decisión definitiva de expulsar a Sterling de la reserva.

Según el mito de creación de los indígenas laguna, la serpiente Maahastryu, es un ser espiritual sagrado que vivía en el lago Laguna y protegía la tribu. Sin embargo, un día la serpiente desapareció porque, según cuentan los mayores, un vecino envidioso había destruido el lago. Como revela Silko en *AD*, el mito sobre el vecino envidioso y la desaparición de Maahastryu es una interpretación indígena sobre la explotación del uranio en su reserva y los consiguientes problemas medioambientales causados.

Así, cuando observan una roca, cuya forma se parece mucho a la de la serpiente, los miembros tribales se emocionan pensando que su dios guardián, Maahastryu, ha vuelto. Mucha gente relaciona la reaparición de la serpiente con las dos figuras de roca, los "esteemed and beloved ancestors" (31) de los indígenas laguna, que fueron robadas por unos antropólogos blancos hacía ochenta años. El robo de las dos figuras de roca y la desaparición del dios serpiente dejan tan angustiada a la gente que temen que los blancos del equipo de filmación les roben la serpiente de piedra (92), como lo pasado con las dos figuras de roca hace ochenta años.

Por toda la reserva corre los rumores de que Sterling es el conspirador que ha facilitado el robo al equipo de filmación y que les ha ayudado a filmar la serpiente de piedra a cambio de dinero. Sterling es considerado un traidor porque al llevar menos tiempo en la reserva, sus vínculos son menos fuertes con su comunidad. El otro argumento formulado por el consejo tribal a la hora de justificar la expulsión de Sterling es que, tras tantos años de contacto con los blancos, Sterling habría podido controlar a los operarios del equipo de filmación y, por tanto, debía haber sido capaz de impedirles cometer sacrilegios contra el ser sagrado Maahastryu (761).

Finalmente, Sterling es exiliado de la reserva y su tía Marie fallece después de enterarse de la noticia (87-98). Sterling comienza a padecer una depresión por no poder

> 印第安
生态文学
西尔科与
霍根的反思

Literatura ecológica
indígena
reflexiones de Silko y Hogan

aguantar tantas angustias: el fallecimiento de su querida tía, la desconfianza de su gente hacia él y, sobre todo, la injusticia que sufre. Lo de Hollywood se convierte en una pesadilla de Sterling. Por ejemplo, viajando en autobús para Phoenix tiene una pesadilla: en todo el sueño, corre siguiendo a aquellos del Hollywood para evitar que vean la kiva sagrada (25-26). Debido a la depresión, sufre del insomnio (88).

La injusticia impuesta a Sterling tiene varias implicaciones. Primero, es castigado por los crímenes cometidos por los blancos tanto actuales como históricamente. Segundo, Sterling es víctima de las políticas de asimilación, específicamente, aquellas que lo obligaron a permanecer en un internado nativo-americano. Sin embargo, la injusticia que Sterling sufrío ha resultado en el trato injusto contra él ejercido por parte de su gente y las leyes tribales. Así, es considerado como el cómplice de los blancos debido a su experiencia de ser desplazado.

De forma igual, el robo de las dos figuras de roca representa el desplazamiento espiritual indígena debido a la asimilación anglófona. En *AD*, las dos figuras de roca fueron regaladas por los espíritus de kachina[①]. Tan viejas como la misma tierra, las dos figuras de roca, la abuelita y el abuelito (31), habían acompañado a la gente por su viaje por el mundo hasta que se establecieron definitivamente cerca del lago Laguna, que dio nombre a la tribu.

---

① En la cultura de los pueblos indígenas, los espíritus de kachina son seres espirituales que existen en cualquier cosa en el mundo real.

El lago Laguna posee un significado más que religioso y material. Por una parte, es el lugar donde se aloja el espíritu guardián de los laguna, la serpiente Maahastryu, lo que le otorga una dimensión divina. Por otra parte más materialista, este es además su fuente de agua. Adicionalmente, también es el núcleo del universo indígena: los indígenas laguna en *AD* construyen todo su mundo, holístico, material y espiritual, en torno a este lugar concreto.

Apunta Rebecca Tsosie: "For most Native peoples, land is constitutive of cultural identity. Many Indian nations identify their origin as a people with a particular geographic site, often a mountain, river or valley, which represents an integral part of the tribe's religion and cultural world view." ("Land" 1302) Señala Tsosie: "Land is also a way to identify the cultural universe of a particular tribe." (1302)

Los indígenas lakotas, por ejemplo, consideran que emergieron de las montañas sagradas Colinas Negras. Los navajos ven sus montañas sagradas como las fronteras de su universo. Para muchos grupos indígenas, un sitio geográfico, en vez de ser solamente una fuente material de vida o un sitio con significado cultural y religioso, es más bien el núcleo de su universo entero (1302-1304).

Así que en *AD*, el robo de las dos figuras de roca y la desaparición del ser sagrado Maahastryu, implican influencias desastrosas y un sacudimiento total para el universo de los indígenas laguna. Tal y como Silko escribe: "The theft of the stone figures years ago had caused great anguish." (*AD* 31) Setenta años después,

Capítulo 3 | 129

> 印第安
> 生态文学
> 西尔科与
> 霍根的反思

Literatura ecológica indígena reflexiones de Silko y Hogan

cada vez que hablan de las dos figuras de roca y la desaparición del espíritu, las personas todavía lloran y se enfadan mucho (34; 92).

En este sentido, la depresión que padece el personaje de Sterling simboliza una crisis total de la sociedad indígena frente a las violaciones hechas por la sociedad euroamericana. La depresión de Sterling también representa la interiorización de una sensación de vergüenza, humildad, miedo e incapacidad indígena al no poder establecer relaciones igualitarias con el mundo euroamericano, ni poder defender su sociedad de las violaciones euroamericanas, ni revertir las injusticias históricas. Como resultado, el miedo, la desconfianza y el odio indígena hacia el mundo euroamericano se interiorizan como la desconfianza y enemistad que predominan en las relaciones intratribales. Esto da lugar a una xenofobia contra cualquier indígena que esté relacionado con el mundo de los violadores.

La victimización del personaje de Sterling, desplazado territorial, cultural y socialmente a la fuerza por el sistema educativo de escuela residencial nativo-americana, justifica las injusticias impuestas sobre él por los otros miembros y el consejo de la tribu. En este sentido, la depresión de Sterling simboliza un trastorno interno de la sociedad indígena.

Leslie Marmon Silko plasma a Sterling como una figura aficionada a las leyes estadounidenses. Compra las revistas sobre detectives y nunca se pierde ninguna novedad sobre las leyes nacionales (Silko, *AD* 26). Se apasiona por las leyes cuando está en el internado, donde las maestras siempre dicen que todo es requerido por la ley cada vez que dan una orden a los niños indígenas (26). Este personaje sigue estrictamente las normas establecidas por el grupo social euroamericano. Acostumbrado al racismo aprende a comportarse cuidadosamente para que no lo discriminen por su condición indígena. Cuando llega a Tucson, pese al tremendo calor, lleva traje y corbata para verse decente (75). Lee concienzudamente los periódicos sobre la depresión y sigue estrictamente los consejos médicos para curar la misma.

Sin embargo, sus conocimientos sobre las leyes le sirven de poco a la hora de justificarse ante la corte tribal. A pesar de que se comporta adecuadamente, sigue siendo discriminado racialmente por el grupo euroamericano. Además, los consejos médicos no le alivian la depresión. Por eso, Sterling simboliza a la generación joven que padece una crisis de identidad y cultura debido a la experiencia de ser desarraigada tanto física como mentalmente de la tierra natal.

Al final de la novela, Sterling vuelve a su tierra natal. Dormido durante días, cuando se levanta, observa que ya no sufre de depresión. No necesita las revistas de detectives ni leer los artículos en torno a la depresión ya que, según él, "The magazines referred to a world Sterling had left forever, a world that was gone, that safe old world that had never really existed except on the pages of *Reader's Digest* in articles on reducing blood cholesterol, corny jokes, and patriotic anecdotes." (757)

> 印第安
> 生态文学
> 西尔科与
> 霍根的反思

Literatura ecológica **indígena** reflexiones de Silko y Hogan

Sterling Comienza a ver el mundo en las formas tradicionales de los mayores, que antes despreciaba como creencias supersticiosas y atrasadas, e incluso ve a las hormigas como los espíritus mensajeros de la tierra. Al ver la serpiente de piedra, que antes para él era algo extraño, siente que su corazón late rápidamente (757-762). La restauración de las formas de hacer tradicionales marca la recuperación de la identidad indígena de Sterling: "Sterling didn't look like his old self anymore." (763)

La curación de la depresión con el regreso al pueblo natal y la recuperación de las formas tradicionales desvela una posible salida de la crisis de la identidad indígena: el establecimiento de conexiones con la tierra natal y su tradición. Finalmente, Sterling logra entender el significado de la reaparición de Maahastryu, la serpiente de piedra, que mira al sur, de donde vienen los hermanos gemelos mayas: "Sterling knew why the giant snake had returned now; he knew what the snake's message was to the people. The snake was looking south, in the direction from which the twin brothers and the people would come." (Silko, *AD* 763) La serpiente de piedra simboliza el establecimiento de lazos indígenas con la tierra y el mundo no-humano.

El hecho de que la serpiente mire hacia el sur, donde los activistas indígenas están organizándose y luchando para defender la Madre Tierra, ilustra que su identidad no se limita a residir en sus estrechas relaciones con el mundo no-humano, sino también en la voluntad e iniciativa de llevar a cabo el activismo ambientalista. De hecho, en *AD* y

SS, la identidad indígena se manifiesta en personajes tanto traumatizados como ambientalistas, es decir, con conciencia de resistencia ecologista, lo que deconstruye la otredad indígena para construir figuras indígenas ecológicas.

3.2.2 El "Indio" en *Almanac of the Dead*

Silko deconstruye el contenido racista del término de "indio" cuestionando el discurso de "sangre pura" (Silko, *AD* 541). En *AD*, esta autora presenta dos personajes aficionados a la conservación de su sangre pura, Beaufrey y Serlo, descendientes de familias europeas nobles. Ambos comparten la mentalidad racista de que a los de sangre pura les asiste el derecho innato a dominar: "There was a strict biological order to the natural world; in this natural order, only *sangre pura* sufficed to command instinctive obedience from the masses." (549)

Según ellos, como raza privilegiada y superior, los de sangre pura tienen la obligación de mejorar otras razas inferiores. Los tíos de Serlo justifican sus violaciones sexuales a las mujeres indígenas argumentando que "it was their God-given duty to 'upgrade' mestizo and Indian bloodstock" (542). Serlo es muy cuidadoso con su pureza racial y limpieza sexual. Al igual que su abuelo, él congela su semen en un cilindro de acero para el desarrollo futuro de una raza humana superior e incluso tiene el plan de establecer un banco de esperma para la congelación de los líquidos seminales de los hombres europeos de ascendencia noble (546-547). En *AD*, el

印第安
生态文学
西尔科与
霍根的反思

Literatura ecológica indígena
reflexiones de Silko y Hogan

cilindro de acero donde se congela el líquido espermático de Serlo y su abuelo, simboliza un concepto de raza falsamente construida por la ciencia manipulada por el colonialismo: la llamada sangre pura solamente existe en el cilindro de acero en el laboratorio.

En la novela, Silko sugiere que el término de indio es una construcción social, cuyo contenido varía según diferentes circunstancias sociales y políticas. Biológicamente hablando, como descendientes de un hombre blanco y Yoeme, mujer indígena yaqui, la familia de Zeta y Lecha es mestiza. En México, gracias a la riqueza, la familia se considera como blanca. Sin embargo, cuando Zeta y Lecha cruzan la frontera son consideradas como mujeres indias mexicanas por la patrulla del control fronterizo estadounidense (133).

Por otro lado, Mosca es un estadounidense de origen mexicano que, debido a su color de piel moreno, es constantemente detenido por la patrulla que lo considera como un "Indio mexicano" (621). Con la historia de las dos hermanas gemelas y Mosca, Silko indica que el estándar de ser un Indio varía con respecto al Estado-nación que lo define, por lo cual es una construcción social dependiente del contexto social, político y cultural.

En *AD*, Silko reemplaza el contenido racista del indio por una identidad colectiva de las personas racializadas que comparten la condición de ser explotadas y discriminadas por su color. Al referenciar a los "Indios negros", la escritora visibiliza a los descendientes de los esclavos africanos en las Américas. Según ella, los Indios, indígenas, afroamericanos y mexicanos comparten la experiencia de ser discriminados y desplazados: "Indians flung across the world forever separated from their tribes and from their ancestral lands—that kind of thing had been happening to human beings since the beginning of time. African tribes had been sold into slavery all over the earth." (88) Los Indios mexicanos, a su vez, son los desplazados que "had lost contact with their tribes and their ancestors' worlds" (88).

Cuando la palabra indio se escribe con mayúscula, para hacer referencia a los pueblos indígenas, afroamericanos y mexicanos, Silko reemplaza el carácter racista pretérito de indio por una nueva identidad basada en la condición de ser históricamente colonizados y actualmente oprimidos. Se trata de una identidad colectiva compartida por las personas de color.

Deloria argumenta que la explotación contra los amerindios, los afroamericanos y los chicanos asegura precisamente la existencia de la identidad colectiva de estos grupos étnicos: para llevar a cabo la explotación contra estas minorías étnicas, el grupo euroamericano tiene que reconocer en primer lugar que el derecho de dichos grupos es diferente al suyo. Por eso, inherente en la explotación contra las personas de color, está el potencial reconocimiento de su identidad particular (*We Talk*, 117-118).

Sin embargo, al no estar satisfecha con esta identidad fundamentada en la explotación euroamericana, Silko infunde el espíritu de resistencia ecologista como el

> 印第安
> 生态文学
> 西尔科与
> 霍根的反思

Literatura ecológica indígena
reflexiones de Silko y Hogan

núcleo de la identidad colectiva del Indio. En *AD*, concibe los principales personajes que comparten la identidad colectiva del Indio como sujetos con mucha conciencia ecologista.

Los personajes indígenas, por ejemplo, las hermanas gemelas yaquis, Angelita La Escapía, Barefoot Hopi, Wilson Weasel Tail y los hermanos gemelos mayas, tienen una performatividad altamente disidente. Además, otros personajes Indios, como Mosca y Clinton, también presentan una gran concienciación ecologista.

De hecho, en *AD*, Silko destaca la conciencia ecológica y el espíritu de lucha como la premisa de ser un Indio. Debido a la pobreza, la familia de Lecha y Zeta, que antes era considerada como descendencia europea (gracias a la riqueza familiar), es desapercibida como Indios. Los miembros de la familia se aprovechan de esta condición del indio para sacar intereses económicos (133). Sin embargo, según Yoeme, solamente Lecha y Zeta son Indias. Mientras que los otros miembros familiares aparentan ser cobardes y débiles, las dos hermanas gemelas son representadas como fuertes y resistentes y con gran conciencia ecologista (117-119).

Según Clinton, veterano afroestadounidense y líder del Ejército de Pobres y Personas sin Hogar, los primeros Indios negros fueron los que sabían luchar contra los colonizadores europeos: "The first black Indians had lived in high mountain strongholds where they launched raids on the plantations and settlements below." (418)

Relacionando la coalición multiétnica imaginada por Silko en *AD* con el Ejército Zapatista de Liberación Nacional (EZLN), Adamson argumenta que el último propone una "alternativa a la modernidad". Esta autora cita a la académica mexicana María Josefina Saldaña-Portillo afirmando que, en México, el indio es una construcción social de los mestizos. Al etiquetar la nacionalidad mexicana con la particularidad indígena, el mestizaje justificó la independencia mexicana del poder colonial. Sin embargo, una vez independizado, una noción europea de la soberanía se sobrepuso. La identidad nacional caracterizada por la diferencia indígena fue sustituida por el mestizaje, considerado como superior y evaluable gracias a su componente español. La indigeneidad representa, en cualquier caso, el pasado y lo atrasado. Mientras que el mestizaje simboliza un poder avanzado y revolucionario capaz de modernizar y desarrollar México.

En este sentido, el indio, como una máscara de México, según Adamson refiriéndose a Saldaña-Portillo, es un significante sin significado (citado en Adamson, "'¡Todos Somos Indios!'" 5-6). La negativa a denominarse un movimiento indígena, el EZLN, indica que la entrada en vigor del Tratado de Libre Comercio de América del Norte, convertirá a los campesinos, los obreros y los pobres mexicanos en los indios. Con ello, el EZLN revindica una mayor democracia al incorporar los grupos desfavorecidos mexicanos en los procesos políticos ("'¡Todos Somos Indios!'" 6).

> 印第安
生态文学
西尔科与
霍根的反思

Literatura ecológica indígena
reflexiones de Silko y Hogan

Pese a las diferentes circunstancias estadounidenses y mexicanas, en ambos casos, el indio es un "significante sin significado", en palabras de Saldaña-Portillo, construido por el grupo hegemónico. En *AD*, Silko restablece el contenido racista del indio basándose en las experiencias de las personas de color al ser discriminadas y explotadas racialmente. Sin embargo, no está satisfecha con esta indigeneidad caracterizada por un pasivo acto de dejarse llevar por la violencia ecológica.

Con la creación de personajes Indios rebeldes, el Indio, no se limita a ser una identidad basada en una sensación de sufrimiento deshonroso y ser agraviado, sino que presenta una conciencia e iniciativa ecologista. En *AD*, todas las personas de color son Indios frente al racismo medioambiental reivindicando la justicia tanto ambiental como ecológica.

3.3 La identidad ecológica indígena en *Solar Storms*

Igual que Leslie Marmon Silko, Linda Hogan también presenta una figura traumatizada debido a la ruptura de su conexión con la tierra natal. Lo hace mediante la historia personal de Angel y su testimonio de la ruina de todo un universo indígena debido a la construcción de una hidroeléctrica.

3.3.1 Personaje indígena traumatizado en *Solar Storms*

La filosofía indígena resalta la interconexión entre los humanos, los no-humanos y la naturaleza, donde predomina la armonía, igualdad, respeto y responsabilidad mutua. Una primera dimensión de esta interconexión reside en las relaciones entre los miembros tribales, cuyo núcleo es el parentesco. Sin embargo, a diferencia de un concepto de parentesco vinculado por la consanguinidad (como en marcos conceptuales eurocéntricos), la concepción indígena de parentesco se extiende a todos los miembros intratribales e incluso extratribales por lo que se mantiene a través de las culturas, tradiciones e historias compartidas.

Señala Wallace Coffey, expresidente de la Nación Comanche:

> My Aunts and Uncles are my Moms and Dads, my cousins are my brothers and sisters, and my nieces and nephews are my sons and daughters. As an American Indian, I've got it real good. You see, I have a nuclear family. I have an extended family. I have a communal family where I can identify with others in a unique experience. But the greatest is the surrogate family I have. I have a family in North Dakota, Arikaras; I have little sisters and a brother in Montana, Chippewa Crees; I have grandsons in Onion Lake, Saskatchewan; I have Indian brothers and sisters all

over different reservations and in urban communities. (Coffey y Tsosie 198)

La otra dimensión fundamental de esta interconexión hace referencia a las relaciones entre los seres humanos y no-humanos. Para su entendimiento es crucial el concepto del ser sintiente. Adamson, al analizar el concepto indígena del ser sintiente (*sentient being*), como Pachamama y la Madre Tierra, acude al término de la ecología transespecie del sí-mismo (*ecology of selves*) acuñado por el antropólogo Eduardo Kohn. Adamson cita a Kohn indicando que "some non-humans are not just represented but represent, and that they can do so without having to 'speak'" (citado en "Source of Life" 255). Según Adamson, basándose en Kohn, cualquier forma de vida es un sujeto con su propia individualidad y capacidad de comunicar con sus singulares procesos de significación (257).

De acuerdo con la ecología del sí-mismo, los seres no-humanos son capaces de reflexionar, pensar, concienciar, percibir y expresar según su propio proceso semiótico. En este sentido, como señala Joni Adamson, no existe un mundo, sino múltiples mundos percibidos por las diferentes entidades biológicas. Citando a Laura Dassow Walls, este investigador señala que existen diversos mundos de múltiples formas y voces, en vez de un mundo (254-255). También emplea el concepto del multiculturalismo propuesto por el antropólogo Eduardo Vivieros de Castro para describir los diversos mundos percibidos por las diferentes formas de vida (261). Los conceptos de mundos de múltiples formas y voces, multinaturales coinciden con la cosmopolítica propuesta por Isabel Stengers.

Esta concepción afirma la existencia de las diferentes visiones del mundo por parte de los seres no-humanos, que han sido descontados, reducidos a las abstracciones científicas y excluidos de la política. Sin embargo, estos mundos y los diversos cosmos habitados por seres no-humanos siempre han existido para los pueblos indígenas. Ejemplos concretos de los seres sintientes, entendidos también como los seres espirituales, para los indígenas son: la Madre Tierra; la Pachamama, espíritus forestales, para los indígenas de la Amazonia; el sagrado Lago Azul para el pueblo de taos; o la sagrada serpiente Maahastryu para los indígenas laguna en *Almanac of the Dead*.

De acuerdo con la filosofía indigenista, las relaciones entre los seres humanos y no-humanos se caracterizan por la igualdad, respeto, armonía y mantenimiento mutuo. Todas las vidas forman parte de la tierra, son organismos vivos y se nutren mutuamente. Por eso, en muchas culturas indígenas, el maíz es sagrado. Para Val Plumwood, que cita a Carol Lee Sanchez, escritora nativo-americana, muchos indígenas "honour, respect, and acknowledge the elements of our universe (both physical and non-physical) that sustain and nourish our lives" (223-224). Lo sagrado puede existir en lo cotidiano y ser aplicado al universo y a todo lo que se encuentre en este. (225).

Tal y como Plumwood señala, para muchos pueblos indígenas la muerte, en vez de ser el fin de la vida,

> **印第安生态文学**
> 西尔科与霍根的反思
>
> Literatura ecológica indígena
> reflexiones de Silko y Hogan

supone la vuelta a la tierra para participar de nuevo en el ciclo regenerativo. Plumwood cita a Bill Neidjie, filóloga indígena australiana afirmando que: "Our spirits and bodies are united in death with the earth from which we came, which grew us and nurtured us, in the same way as those of animals and trees. We are not set apart." (226)

En este sentido la igualdad de las vidas se basa en un intercambio de energías facilitado por el ciclo de vida y muerte. Estas relaciones de nutrir y ser nutrido extienden el parentesco entre los miembros tribales al mundo no-humano. Fundamentada en esta filosofía, como apunta Oren Lyons, no hay distinciones claras entre lo espiritual, religioso y político. Las leyes tribales derivan de las leyes naturales. Por tanto, la responsabilidad humana es llevar a cabo las órdenes sagradas de la naturaleza para mantener la armonía entre los diversos cosmos (203).

En *SS*, se repite una imagen de los lazos rotos. Por ejemplo, cuando vuelve a Adam's Rib por primera vez, viendo su pueblo natal, Angel, narradora de primera persona con una perspectiva omnisciente recuerda: "Between us [Dora-Rouge, Agnes and Bush] there had once been a bond, something like the ancient pact land had made with water, or the agreement humans once made with animals. But like those other bonds, this bond, too, lay broken." (Hogan, *SS* 22) Como indica la cita, estos lazos hacen referencia a las interconexiones entre los miembros tribales, sobre todo familiares y entre el mundo humano y no-humano.

En la novela, Linda Hogan presenta unos lazos rotos intergeneracionales. La ruptura de Angel con los miembros familiares, la cultura indígena y el mundo no-humano, en vez de ser solamente el resultado de una injusticia intergeneracional, está relacionada con los servicios sociales infantiles estadounidenses, que la separaron forzosamente de su comunidad.

El trauma que ella padece se debe parcialmente a un problema familiar. Su madre Hannah y su abuela Loretta desarrollaron diversos problemas mentales al sufrir violaciones y ser testigos del sufrimiento de su gente. Ambas dañaron a sus hijas dejándoles memorias traumáticas. Angel, al nacer, fue mordida por Hannah en la frente y abandonada en medio de la nieve. Por suerte, esta es salvada por Bush, indígena de Oklahoma, esposa del abuelo de Angel, Harold, que la había abandonado por estar enamorado de Loretta. Debido a que Angel fue herida por su madre Hannah, la pequeña fue llevada a la fuerza por los servicios sociales estadounidenses de atención a menores. Bush lucha para quedarse con Angel, pero, a pesar de que interpone una demanda judicial ante la corte, no es capaz de recuperarla (72).

La cicatriz que Angel lleva en su frente es simbólica. Es el origen de su afección psicológica. Representa una sensación de ruptura que Angel siente sobre su personalidad, entendida como una crisis de identidad personal. Desde pequeña Angel se siente avergonzada por la cicatriz hasta el punto de tapar parte de su cara con el pelo: "I hated that half [of the face]. The other

> 印第安
生态文学
西尔科与
霍根的反思

Literatura ecológica indígena
reflexiones de Silko y Hogan

side was perfect and I could have been beautiful in the light of earth and sun. I'd tried desperately all my life to keep the scars in shadows." (33-34) Pegó a aquellos que le preguntaban por la cicatriz. Abandonó sus estudios y se fugó de casa por causa de este suceso (51).

Angel padece no solamente por el daño hecho por Hannah sino que también se trata de una cicatriz sin memoria ni historia (34). Dicho de otra forma, la incapacidad de entender a Hannah y sus comportamientos también son causantes del trauma. Las familias de adopción asignadas a Angel no le alivian el traumatismo, puesto que no pueden entender su sufrimiento ni le ofrecen las relaciones maternofiliales que necesita. Tampoco pueden darle explicaciones sobre la cicatriz. Desde pequeña, Angel está cambiando constantemente de hogares, hecho que deja memorias traumáticas en su psique.

El parentesco que le impone el sistema de cuidado de menores estadounidense y una identidad euroamericana, en vez de darle a Angel la curación, le acaba agravando el trauma. Así, la cicatriz de Angel tiene varios significados. Simboliza la ruptura de las relaciones madre-hija entre Hannah y Angel. Representa la rotura de sus conexiones con los miembros familiares y tribales, la tierra natal, la cultura y la tradición indígena. La sensación de desgarro que Angel siente con su cicatriz representa una crisis de identidad personal debido al desplazamiento social, territorial y cultural al ser llevada a la fuerza por el sistema de cuidado de menores y sometida a la sociedad euroamericana.

En *SS*, restableciendo los lazos rotos con los

miembros familiares y tribales, la tierra natal y la cultura indígena Angel se vuelve completa como si recolectara las piezas rotas de un espejo: "One day I dropped the mirror and it broke into many pieces. For a while I kept these, looking at only parts of my face at a time. Then I had no choice but to imagine myself, along with the parts and fragments of stories, as if it all was part of a great brokenness moving, trying to move, toward wholeness—a leg, an arm, a putting together, the way Bush put together the animal bones." (85)

En Adam's Rib y Two-Town, Angel restablece sus relaciones con su parentesco directo e indirecto. Por ejemplo, Bush y Tulik, a pesar de que no tienen relaciones sanguíneas directas con Angel, pueden ofrecerle mucho amor aliviando su trauma. En Fur Island, Bush encarga a Angel labores físicas como el cultivo de plantas y la pesca. Con estas labores y las historias contadas por sus abuelas, Angel conoce finalmente su tierra natal. Viviendo con sus abuelas, Angel recupera los conocimientos, la cultura y la cosmovisión indígena. Comienza a ver el mundo con una visión indígena, sintiendo los múltiples cosmos y seres sintientes. Por ejemplo, antes no veía el agua como un ser sintiente con vida y voluntad.

A través de la narración de las historias sobre ella misma, Hannah y Loretta contadas por Agnes, Bush, Dora-Rouge, Tulik y las dos mujeres indígenas que Angel encuentra en la casa de Hannah (245), esta llega a conocer la causa del problema psicológico de

> 印第安
> 生态文学
> 西尔科与
> 霍根的反思

Literatura ecológica indígena
reflexiones de Silko y Hogan

Hannah y Loretta. Sin embargo, conocer estas historias intergeneracionales no es suficiente para que se cure del trauma ni entender verdaderamente a su madre.

En *SS*, Hogan presenta a Hannah como "the house" (101), "the meeting place" (101) y "the sum total of ledger books and laws" (101) de las continuas opresiones que los pueblos indígenas han venido sufriendo desde el tiempo colonial. El trauma sin tratamiento de Hannah simboliza las ruinas de un mundo indígena, no solamente por las opresiones sanguíneas, sino también por la destrucción de los regímenes de vida, la tierra y la naturaleza. Las cicatrices del cuerpo de Hannah representan las heridas de la vida y de las conexiones entre el mundo humano y no-humano. Sin conocer la larga historia indígena desde tiempos coloniales ni la adaptación de la cosmovisión indígena, Angel no podría haber entendido a Hannah, símbolo de un mundo indígena arruinado debido la fractura de las conexiones y las vidas.

Durante el viaje en canoa al norte, Angel conoce la historia de la colonización europea sobre los indígenas y reanuda sus conexiones con otros regímenes de vida. La recuperación de las historias, conocimientos, tradiciones y cosmovisiones indígenas finalmente le permitió a Angel entender a Hannah como "the house of lament and sacrifice" y el símbolo de los indígenas "born of knives, the skinned-alive Beaver and marten and the chewed-off legs of wolves" (345). Consciente de esto, acaba perdonando e incluso amando a Hannah y acepta la cicatriz que lleva en su frente: "Hannah had been my poison, my life, my sweetness and pain, my beauty and homeliness." (251)

En *SS*, la protección infantil garantizada por los servicios sociales para menores acaba con el desplazamiento social, territorial y cultural de la protagonista. Privándole del parentesco indígena, la adopción en las diferentes familias le imposibilita la curación del trauma. La imposición del parentesco, cultura e identidad euroamericana agrava su problema psicológico. Basándose en la experiencia de Angel, Linda Hogan critica las políticas y leyes nacionales que imponen un parentesco extranjero sobre el Otro indígena, cuyo núcleo es un parentesco extendido.

Cabría destacar que en *SS*, el proceso de cómo Angel se cura de su cicatriz, completándose a nivel individual, representa el desmantelamiento de la mentalidad euroamericana que Angel ha encarnado hasta entonces. El pensamiento dualista y eurocéntrico destaca el antagonismo de las diferencias humanas, sobre todo culturales y étnicas, expresadas en el discurso colonialista como el color de la piel. El otro dualismo fundamentado en la polarización y subyugación de la diferencia es el ser humano/no-humano.

Bajo los patrones dualistas, etnocéntricos y antropocéntricos, las diferencias deben ser marginadas o eliminadas. En este sentido, la cicatriz en la frente de Angel y los lazos rotos son consecuencia de la imposición de esta mentalidad garantizada por las políticas asimilacionistas estatales y la explotación del mundo natural.

▶ 印第安
生态文学
西尔科与
霍根的反思

Literatura ecológica indígena
reflexiones de Silko y Hogan

En *SS*, la cosmovisión indígena, a su vez, destaca las interconexiones de los seres humanos y no-humanos. Por eso, desde el momento en el que Angel recuperó el saber indígena se curó de su trauma, restableciendo sus lazos con otras personas y el mundo no-humano:

> I began to form a kind of knowing at Adam's Rib. I began to feel that if we had no separate words for inside and out and there were no boundaries between them, no walls, no skin, you would see me .... You would see how I am like the night sky with its stars that fall through time and space and arrive here as wolves and fish and people, all of us fed by them. You would see the dust of sun, the turning of creation taking place. But the night I broke my face there were still boundaries and I didn't yet know I was beautiful as the wolf, or that I was a new order of atoms. Even with my own eyes I could not see deeper than my skin or pain in the way you cannot see yourself with closed eyes no matter how powerful the mirror. (54–55)

Aquí, fronteras, paredes y piel simbolizan los valores dualistas. Con la disolución de las fronteras y muros, Angel deconstruye dicha mentalidad y restablece sus lazos rotos con su gente y el mundo no-humano. Con no tener piel, Hogan sugiere la necesidad de desmantelar el antropocentrismo, que separa lo humano/no-humano, y el racismo, que estigmatiza las personas de color.

Solar Storms puede leerse como la despedida

de Angel del mundo euroamericano y su vuelta a un mundo antiguo, negro y primitivo (54), la salida de la sociedad euroamericana y la reintegración a la indígena, el abandono de la identidad cultural euroamericana y la recuperación de la indígena. Con la convivencia con sus abuelas y el viaje en canoa, recupera su esencia adoptando una visión del mundo indígena. A pesar de que no tiene la voluntad de unirse a la causa indígena, esta siente la necesidad de luchar por los regímenes de vida: "I hadn't wanted to be involved in these things, but it was too hard for me to watch all that was being changed. I wanted to fight back, for the water, the people, the animals." (275)

Pese a esta justificación de resistencia basada en la cosmovisión indígena, cree que las leyes estadounidenses les posibilitará una justicia. Cuando la casa de Tulik es atacada por los obreros blancos, Angel acude a la policía para denunciarlos. No obstante, es ella quien resulta multada debido a la conducción ilegal (291). A partir de este momento, se da cuenta de la necesidad del activismo ecológico.

Sterling y Angel son víctimas de las políticas asimilacionistas. En ambas novelas, sus traumas simbolizan la lesión cultural de las comunidades indígenas debido al desarraigo forzoso. La sanación de estos se debe al establecimiento de sus conexiones con la tierra natal y los valores tradicionales indígenas, lo cual desvela una identidad indígena arraigada en el mundo no-humano.

Literatura ecológica indígena
reflexiones de Silko y Hogan

No obstante, al igual que Silko, Hogan no está satisfecha con las virtudes ecológicas encarnadas por un personaje traumatizado. Igual que lo desvelado por la imagen de la serpiente de roca que mira hacia el sur en *AD*, el activismo individualizado por parte de Angel en *SS* pone de manifiesto que la conciencia ambientalista forma parte indispensable de la identidad ecológica indígena.

3.3.2 "Comedores de Grasa" y "Gente Hermosa" en *Solar Storms*

En *SS*, a través de la resistencia contra el proyecto hidroeléctrico, los indígenas "Comedores de Grasa" ("Fat-Eaters") reclaman su existencia contra su eliminación cultural. Mediante el activismo ecologista, reviven sus tradiciones, abandonan la identidad de Comedores de Grasa definida despectivamente por los euroamericanos y logran reconstruir su etnicidad como la "Gente Hermosa" ("Beautiful People").

El pueblo indígena del norte, al que pertenece Angel y sus abuelas, es denominado peyorativamente por los europeos como Comedores de Grasa, debido a la dieta indígena compuesta principalmente por la carne y grasa (Hogan, *SS* 88). Hogan revela la estereotipación de los indígenas por parte de la sociedad euroamericana, que sirve para justificar la construcción de la hidroeléctrica.

En la novela, bajo la perspectiva euroamericana, los indígenas son gente a punto de extinción y encalladas en lo pasado. Por ejemplo, para el personal de la compañía hidroeléctrica y el gobierno, ellos son gente que se queda en el tiempo pasado (280). Los soldados jóvenes que acorralaban a los activistas indígenas "believed we [the indigenous peoples] no longer existed" porque "they had long admired the photos and stories of our dead, only to find us alive and threatening" (305).

Esta estereotipación de los indígenas, manipulada por una ideología racista e imperialista, sirve para justificar la eliminación y asimilación de sus pueblos. Al romantizarlos, remontando su existencia al tiempo inmemorial, se borra su existencia actual y se justifica su incorporación a la sociedad y cultura dominante. Hogan revela el mecanismo de la estereotipación con las palabras del jefe de la compañía hidroeléctrica. Este justifica el proyecto argumentando que los indígenas son atrasados y la obra les beneficiaría, así la construcción va a "bring us [the indigenous peoples] into the twentieth century" (280).

En *SS*, la resistencia es una oposición contra la estereotipación y la consiguiente eliminación política y cultural de los indígenas. En la reunión de negociación entre los habitantes de Two-Town y los jefes del proyecto hidroeléctrico, Angel comenta: "To the builders of dams we were dark outsiders whose lives had no relevance to them. They ignored our existence until we resisted their dams, or interrupted their economy, or spoiled mtheir sport." (282-283)

En este sentido, las tácticas empleadas por los activistas indígenas en la novela son: la publicación periodística, la grabación documental, la entrevista radiofónica, el bloqueo de las vías férreas (304) y la destrucción de las carreteras

Capítulo 3 | 151

> 印第安
生态文学
西尔科与
霍根的反思

Literatura ecológica
indígena
reflexiones de Silko y Hogan

(281) no solamente sirven para resistir contra el proyecto hidroeléctrico, sino también para visibilizar su existencia ante la autoridad y sociedad euroamericana. Luchando contra la obra hidroeléctrica, el pueblo de Angel se deshace de su peyorativo nombre Comedores de Grasa. Al renovar las tradiciones en su activismo ecologista, logran reestablecer su identidad indígena como Gente Hermosa. De form aigual, Deloria sugiere abandonar una perspectiva estática sobre la tradición indígena y desarrollarlas según las demandas pragmáticas ("Self-Determination" 114).

En *SS*, los activistas Comedores de Grasa, adaptan sus tradiciones a sus necesidades. Además sustentan sus acciones políticas con los relatos orales históricos. Por ejemplo, Angel roba las comidas de los constructores de la represa imitando la figura legendaria del glotón (322-323). Inspirándose en el mito sobre la separación de la Tierra-Luna, los activistas indígenas derriban el muro de la represa para liberar las aguas (326). La gente de Angel también renuevan las canciones antiguas otorgándoles una función pragmática al servicio de su activismo. Durante la ocupación de las vías férreas, estos cantan las canciones tradicionales para animarse y promover la solidaridad.

Vía la resistencia, los indígenas Comedores de Grasa infunden la confianza, el orgullo y la iniciativa ecologista a su etnicidad redefiniéndose como Gente Hermosa: "We had pride. We were in something together. We no longer allowed others to call us Fat-Eaters. We were again the Beautiful People." (313)

Capítulo 4
El lenguaje ecologista indígena

Según el antropólogo Ronald Niezen, los representantes indígenas que se muestran en los escenarios internacionales suelen emplear dos estrategias de persuasión: una apoyada en los vocabularios de política y derecho, y la otra, en la particularidad cultural indígena. Por un lado, como conocedores de la política, el derecho y la economía, los representantes indígenas son capaces de formular un discurso político elocuente (158-159). Por otro lado, se emplea un lenguaje de resistencia ecologista apoyado en la literatura oral, por ejemplo, cantos, relatos, cuentos, leyendas, discursos, rezos, ritos y sermones. Esta estrategia persuasiva revindica la particularidad cultural indígena e intenta minimizar las posibles similitudes entre el vocabulario de la política y derecho cultural indígena (Niezen 159).

Ambos lenguajes les sirven para defender su derecho medioambiental, así como el del mundo no-humano, por lo cual, consisten en lenguajes ecologistas propios de los indígenas. Estos también están reflejados en ambas novelas.

▶ 印第安
生态文学
西尔科与 Literatura ecológica
霍根的反思 indígena
reflexiones de Silko y Hogan

4.1 El discurso de derecho en *Almanac of the Dead*

En *AD* y *SS*, ambas autoras presentan personajes indígenas que saben formular un discurso legal frente a la autoridad y el público para defender su derecho ambiental. Mediante el discurso legal presentado por estos personajes y la narración de historias sobre las experiencias indígenas, Leslie Marmon Silko y Linda Hogan dirigen sus críticas directas contra las leyes que legitiman la apropiación de los recursos naturales, como base esencial de su modo de vida.

En *AD*, Silko cuestiona las leyes indígenas federales mediante el discurso legal formulado por el personaje Wilson Weasel Tail, un indígena lakota, y la narración de historias sobre el conflicto por el agua entre la compañía inmobiliaria de Leah Blue y los indígenas de Nevada. A primera vista, la ocupación de Wilson Weasel Tail es muy contradictoria: es un abogado-poeta (Silko, *AD* 715). Por una parte, un abogado debe ser neutral, estricto, lógico y objetivo. Por otra parte, un poeta se caracteriza por ser creativo y subjetivo en su pensamiento.

A pesar de que Wilson Weasel Tail abandonó sus estudios de derecho para dedicarse a la literatura, el tema legal predomina en sus poesías. En la poesía que recita en un programa de entrevista, Wilson Weasel Tail resalta lo inconsistente y contradictorio de las leyes en cuanto a las cuestiones indígenas. En la poesía enumera una serie de hitos legales que ha demarcado la extensión de la soberanía indígena, otorgándole mayor autonomía en cuanto a sus relaciones con los estados y el gobierno federal: "*Worchester v. Georgia!/Ex parte Crow Dog!/ Winters v. United States!*" (715; cursiva en el original)

En el último caso judicial que compone la Trilogía de Marshall, *Worcester v. Georgia* (1832)[1], el juez John Marshall afirmó la soberanía de la Nación Cherokee; en el caso de *Ex parte Crow Dog* (1883), la Corte Suprema de los Estados Unidos dictó que la corte federal no tenía jurisdicción sobre los casos ya juzgados por el consejo tribal. *Winters v. United States* (1908) fue un hito legal para demarcar el derecho al agua tribal, pues se dictó que los indígenas tenían derecho a usar suficiente agua para una vida autosuficiente, porque se trataba de un derecho reservado para ellos como lo pactado por los tratados.

A pesar de estos dictámenes judiciales, Wilson Weasel Tail indicó que los compromisos hechos por el gobierno estadounidense solían ser revocados, hecho que caracteriza la soberanía indígena inconsistente y contradictoria:

---

[1] Samuel Worcester, un misionero, fue encarcelado por el estado de Georgia por predicar el cristianismo en la Nación Cherokee sin la autorización estatal. Worcester demandó el estado de Georgia ante la Corte Suprema revindicando que los estados no tuvieran derecho a ejercer autoridad dentro de la tierra Cherokee. En el caso de Worcester contra Georgia, la Corte falló a favor de Worcester afirmando que la Nación Cherokee era una nación con soberanía, en cuya cuestión tribal los estados no tenían derecho a interferir.

> 印第安
生态文学
西尔科与
霍根的反思

Literatura ecológica indígena
reflexiones de Silko y Hogan

breach of contract
breach of convenant
breach of decency
breach of duty
breach of faith
breach of fiduciary responsibility
breach of promise
breach of peace
breach of trust
breach of trust with fraudulent intent! (715)

Leyendo el fragmento de la poesía de Weasel Tail en paralelo a una narración de historias sobre los indígenas en Nevada, resulta obvio que para Silko, la ley es manipulada por la autoridad estadounidense para legitimar la apropiación de los recursos naturales como sustentos de vida indígena.

En esta novela, Silko presenta un conflicto sobre el derecho al agua entre los indígenas de Nevada y la compañía inmobiliaria de Leah Blue, Blue Water Development Corporation (658). Para su proyecto inmobiliario de "Venice, Arizona" (658) Leah Blue necesita agua abundante. Dada la escasez del agua en Arizona, esta entidad ha de buscar agua en "algún lugar" ("someplace"): "The water had to come from *someplace*, and Leah wasn't about to settle for reclaimed sewage or Colorado River water." (375; énfasis en el original) Después, Leah encuentra este "algún lugar" como el agua subterránea en Nevada. Sin embargo, enfrenta la oposición de unas tribus indígenas en Nevada, que presentan una demanda judicial ante la corte federal.

Para ello, Leah Blue acude a su esposo, Max Blue, jefe de la mafia que mantiene relaciones estrechas y secretas con el juez federal Arne. Este para favorecer a Max, encuentra varios fundamentos legales para trasladar la demanda judicial de los indígenas de Nevada a la corte estatal de Arizona, que autoriza finalmente a Leah Blue a explotar el agua subterránea. Según el juez, "Indians could file lawsuits until hell and their reservation froze over", pero fracasarán en su demanda judicial, porque, el poder federal se impone sobre la soberanía indígena (376). Este conflicto sobre el derecho al agua presentado por Silko abona la misma cuestión tratada en la poesía de Wilson Weasel Tail.

En paralelo al incumplimiento de los compromisos y responsabilidades de la autoridad federal, mencionados por Wilson Weasel Tail, la narración de historias sobre el derecho al agua revela la manipulación de la soberanía indígena bajo la autoridad federal. El hecho de que Leah Blue pueda encontrar el agua en "algún lugar" gracias al amparo de las leyes federales, es simbólico. Ella necesita este recurso para los canales y lagos de su proyecto inmobiliario "Venice, Arizona". Sin embargo, ignora que los indígenas de Nevada, también la precisan para su supervivencia.

Cabe mencionar que Silko plasma la vivencia de los indígenas de Nevada como una experiencia general de los

> 印第安
> 生态文学
> 西尔科与
> 霍根的反思

Literatura ecológica indígena
reflexiones de Silko y Hogan

indígenas estadounidenses, porque no detalla el nombre de las tribus demandantes. En este sentido, el derecho humano fundamental de los indígenas existe como "algún lugar", que son ignorados y excluidos, en las leyes e instituciones oficiales. Con la reducción del sujeto político indígena a "algún lugar" en la consideración nacional, se legitima la apropiación de los recursos naturales de los que dependen su vida cotidiana.

Al mencionar la violación de contrato, responsabilidad fiduciaria y fideicomiso (715) Wilson Weasel Tail apunta a otro aspecto fundamental de la soberanía indígena estadounidense: los derechos tribales. Los aproximadamente 370 tratados que el gobierno federal estadounidense pactó con las tribus indígenas desde 1778 hasta 1871, cuando el Congreso abolió la práctica del tratado con estos, constituyen la base de la soberanía indígena. Firmados hace más de un siglo, estos siguen vigentes en el presente y futuro.

El autor Jack Utter, citando al político indígena Kirke Kickingbird *et al.* en su *Indian Treaties* (1980), apunta que "Treaties form the backdrop of the past, confirm rights of the present, and provide the basic definitions for the evolving future." (citado en Utter 87) La firma de estos supone el establecimiento de las relaciones entre el fideicomitente, el gobierno federal estadounidense, y los fideicomisarios, las tribus indígenas. Según lo pactado, los pueblos indígenas traspasan la titularidad de sus tierras al gobierno federal a cambio de protección y servicios sociales. Pese a este acto, los pueblos indígenas reservan su derecho a la ocupación, al autogobierno, a la pesca, a la caza y a otras prácticas tradicionales indispensables para mantener la subsistencia y su modo de vida.

Como fideicomitente, el gobierno federal debe cumplir con su deber de garantizar la supervivencia, el bienestar y el desarrollo futuro de los fideicomisarios ofreciéndoles las ayudas necesarias. Para ello debe conservar el medioambiente para el bien indígena e incorporar a las tribus en los procesos políticos sobre el uso y gestión de los recursos naturales en tierras reservadas para ellos. En términos concretos, estos son el derecho a la información y consentimiento previo. En caso de que el fideicomitente falle en proteger los intereses indígenas, este debe ofrecerles a los fideicomisarios compensaciones correspondientes.

De hecho, la preocupación de Silko sobre el derecho tribal también forma parte del argumento de Naomi Klein en su *Esto lo cambia todo*(2014), donde deposita la esperanza de frenar el extractivismo en el derecho tribal. Hablando sobre *Blockadia*, Naomi Klein elogia los derechos tribales como la "última línea de defensa" (474) contra las industrias extractivas.

Por ejemplo, en 2014, las tribus en Alaska lograron una victoria judicial que suspendió los proyectos perforadores de Shell en el Ártico. La coalición formada por las tribus de Punta Esperanza, propuso una demanda judicial alegando los derechos tribales de los indígenas inupiat. Según sus pobladores, los potenciales impactos ambientales del proyecto de Shell y el proceso de prospección en el mar de Chukotka perjudicaría el derecho tribal a la pesca y a la caza, todo lo cual pondrían en riesgo los animales, que sirven como el sustento de vida indígena, y la identidad cultural de los inupiat. La corte federal favoreció a la coalición indígena y puso el plan de Shell en suspenso (Klein 461-462).

Hay muchos otros ejemplos en los que los pueblos indígenas aprovechan sus derechos tribales garantizados por los tratados en contra de los proyectos extractivistas: los nez percé frenaron el paso de los camiones gigantes por la autopista U.S. 12 en Idaho y Montana; los cheyenes y lummi constituyen un principal obstáculo legal contrario a las industrias del carbón; y los indígenas de la nación lakota se opusieron a la construcción del oleoducto Keystone XL en su reserva, argumentando que su territorio tradicional está protegido por los tratados (Klein 455;460).

Pese a la afirmación de la utilidad los derechos tribales, Klein admite que un uso irresponsable pondría a los pueblos indígenas, "personas más pobres y más sistemáticamente privadas de derechos de todo el planeta" (474), en una situación más oprimida y marginada (469). Muchas ONGs, señala esta autora, se limitan a financiar a los indígenas las litigaciones judiciales sin que se preocupen por los problemas de fondo, como, el paro, la falta de las oportunidades económicas y la carencia de los servicios médicos, entre otros (475).

Adamson también indica que un enfoque exclusivo en los derechos tribales resultaría en la exclusión de las naciones indígenas no reconocidas por el gobierno federal. Según él, ello supondría una recolonización de estos grupos (" '¡Todos Somos Indios!' " 3). Las posiciones de Klein y Adamson acerca de los derechos tribales ilustra una realidad: los derechos tribales constituyen un instrumento legal eficaz, pero deben abordarse desde una perspectiva dialéctica.

En *AD*, Silko lleva a cabo una revisión de los derechos tribales, que, según Klein, es un instrumento legal poderoso y eficaz contra las industrias de combustibles fósiles (460-462). También, en la poesía de Weasel Tail, con "Breach of the Treaty of the Sacred Black Hills[1]!/Breach of the Treaty of the Sacred Blue Lake![2]" (715) el poeta-abogado critica directamente la poca fiabilidad del gobierno federal como fideicomitente a la hora de proteger el medio ambiente, crucial para el bienestar físico y espiritual indígena.

---

[1] Hace referencia al Tratado de la Fuerte Laramie (Treaty of Fort Laramie, 1851), que reserva el derecho de la Nación Sioux a la tierra en la zona las Colinas Negras de la Nación Sioux.

[2] No existe un tratado firmado entre el pueblo de taos con el gobierno federal. Aquí Silko hace referencia al Tratado de Guadalupe Hidalgo de 1848, que reconoce el derecho a la tierra del pueblo de taos de Nuevo México sobre su lago sagrado, el Lago Azul. El lago fue apropiado por el gobierno federal en 1906 para el servicio forestal. Sin embargo, el traslado del control sobre el lago marcó el comienzo de la explotación de los recursos naturales en la zona. En 1970, el entonces presidente Richard Nixon aprobó Blue Lake Bill y la devolución del Lago Azul al pueblo de taos. Después de 64 años de lucha el pueblo de taos llegó a recuperar su lago sagrado.

4.2 El discurso de derecho en *Solar Storms*

En *SS*, también se observa un discurso legal apoyado en los derechos tribales y formulado por los personajes indígenas. De hecho, Hogan crea el argumento basándose en el conflicto real entre los indígenas cree e inuit del norte de Quebec, Canadá, el gobierno provincial quebequense y la empresa pública Hydro-Québec en torno al proyecto hidroeléctrico de la Bahía James. En dicho acontecimiento real, las comunidades indígenas cree e inuit acudieron a los medios jurídicos —tanto los derechos tribales canadienses como los derechos de los pueblos indígenas reconocidos internacionalmente— para frenar el megaproyecto hidroeléctrico de Bahía James.

En la primera fase de la construcción, el proyecto se llevó a cabo sin la información y consulta previa de los pueblos indígenas ni la evaluación de impacto ambiental. Las comunidades cree e inuit que habitan la zona afectada se informaron del proyecto a través de una comparecencia gubernamental transmitida en la radio en 1971 (Hellegers 2). Las comunidades indígenas del norte de Quebec interpusieron una demanda jurídica alegando que los terrenos donde estaban construyendo las plantas son tierras no cedidas.

En 1973, el juicio favoreció a las comunidades indígenas afirmando su tenencia de la tierra y su derecho a la pesca. El mandamiento jurídico consideró el proyecto hidroeléctrico ilegal al perjudicar la subsistencia y modo de vida de los habitantes. Sin embargo, dicho juicio fue descartado siete días después. Tras años de negociaciones, en 1975, el gobierno federal canadiense y provincial quebequense, junto a los representantes de los pueblos cree e inuit llegaron a pactar el Acuerdo de la Bahía de James y del Norte de Quebec (James Bay and Northern Quebec Agreement).

En dicho acuerdo, se afirman los derechos tribales poseídos por los cree e inuit, se exigen las correspondientes compensaciones económicas, mayor autonomía indígena, mejoras en la vivienda y un servicio sanitario que las autoridades debieran ofrecer a las comunidades. Sin embargo, durante las negociaciones del acuerdo, la construcción hidroeléctrica no cesó. Y hasta 1985, cuando finalizó la primera fase del proyecto, las autoridades no cumplieron con sus obligaciones estipuladas por el acuerdo de 1975.

En el conflicto de la Bahía James, la falta de credibilidad de las autoridades canadienses se manifestó en su fracaso de respetar los derechos tribales garantizados por los tratados, y también en su incumplimiento del acuerdo de 1975. Pese a que Hogan en su historia, adaptó el conflicto de la Bahía James en Canadá a la tribu chickasaw estadounidense[1], dada la similitud de la cuestión de los

---

[1] Hogan destaca la índole ficticia de SS aclarando que se limita a haber sido inspirada por el conflicto de la Bahía James sin conocer detalladamente el contexto del propio acontecimiento ni la cultura de las tribus del norte, los cree e inuit canadienses, y que la creación de SS se basa principalmente en su conocimiento sobre los chickasaw estadounidenses (Hogan, "Interview" 122).

Capítulo 4 | 163

> 印第安
> 生态文学
> 西尔科与
> 霍根的反思

Literatura ecológica indígena
reflexiones de Silko y Hogan

derechos tribales en Canadá y los Estados Unidos[1], las críticas hechas por la autora contra la falta de credibilidad de las autoridades en respecto a los derechos tribales son significativas y aplicables en ambos países.

De hecho, hay un notable paralelismo en torno a la violación de los derechos tribales por parte de los gobiernos entre el caso real de la Bahía James y los hechos en *SS*. Por ejemplo, en este último, los dos jóvenes del norte, que vienen a Adam's Rib para informar a la gente de la construcción de la represa, adoptan un lenguaje legal. Según informan ambos, el gobierno justifica la obra hidroeléctrica alegando que los habitantes indígenas no poseen el legítimo derecho a la tierra (Hogan, *SS* 57).

Hacen hincapié en que la construcción de la obra se ha comenzado sin el consentimiento o aviso previo a los indígenas, ni las compensaciones (57). En la reunión de negociación que los habitantes de Two-Town mantienen con los jefes de la hidroeléctrica, Auntie, activista indígena e hija de Tulik, argumenta que la presa es injusta porque se ha llevado a cabo sin el permiso de su pueblo (281).

Al igual que Leslie Marmon Silko, Linda Hogan señala directamente en la novela que la autoridad es poco fidedigna con su responsabilidad como fideicomitente. El personaje principal y la narradora Angel, en un principio

---

[1] Véase la Tercera Parte de *Esto lo cambia todo* de Klein para los detalles sobre cómo las primeras naciones de Canadá utilizan sus derechos tribales en contra de las actividades extractivistas.

164

no entiende por qué los indígenas se resisten si el gobierno les promete suficientes compensaciones para que lleven una vida igual en otros sitios.

Después de escuchar las historias familiares, esta llega a entender que "those things [the promises of the government], I learned later, had always been promised, seldom delivered" (281). Se puede leer este discurso legal apoyado en el derecho tribal formulado por Angel, desacreditando la autoridad en paralelo a la realidad: de una u otra forma, todos los tratados firmados entre los Estados Unidos y las tribus indígenas han sido modificados o violados por las leyes federales, las cortes y el Congreso (Utter 86).

Al insertar el discurso legal en las novelas, las autoras anteriormente nombradas, critican directamente la inconsistencia, contradicción y falta de credibilidad de las leyes federales. Tal como James Anaya, exrelator especial para la Situación de los Derechos y Libertades Fundamentales para los Pueblos Indígenas de las Naciones Unidas, apunta al carácter colonialista de las leyes indígenas estadounidenses: "Within the architecture of the domestic legal order doctrines derived from colonial era practice continue to rear their heads and impede the reversal of the status quo left by the colonizing process." (108)

De igual forma, las escritoras, prestan atención a los derechos tribales e indican que suelen ser revocados unilateralmente por el gobierno. En *AD*, Silko emplea un mecanismo complejo combinando

> 印第安
> 生态文学
> 西尔科与
> 霍根的反思

Literatura ecológica indígena
reflexiones de Silko y Hogan

elementos aparentemente contradictorios, para criticar la manipulación de la soberanía indígena por parte del gobierno. En su obra, inserta un discurso legal en la poesía.

El tema legal predomina en la poesía de Wilson Weasel Tail. Enumerando una serie de casos jurídicos reales y la posterior infracción por parte del gobierno federal, el poeta-abogado pone de manifiesto la falta de credibilidad e inconsistencia de las leyes federales.

El vocabulario empleado por Weasel Tail en su poesía es principalmente perteneciente al derecho. Sin embargo, bajo este estilo aparentemente objetivo y neutral, el uso frecuente del signo de exclamación y la expresión como la "intención fraudulenta" ("fraudulent intent") (715), hacen del discurso legal en la poesía de Weasel Tail un componente emotivo y radical. Se puede leer la manipulación de la ley por la autoridad, revelada en la poesía de Weasel Tail, en paralelo a la narración de historias sobre el conflicto del agua entre las tribus indígenas de Nevada y la compañía inmobiliaria de Leah Blue.

El uso de la metáfora de "algún lugar" (Silko, *AD* 375), representa la marginación del sujeto político indígena y la exclusión de sus intereses básicos en la jurisprudencia nacional. El empleo simultáneo de la poesía, el discurso legal, la narración de historias y el símbolo por parte de Silko, sirven para criticar el fracaso de las leyes indígenas federales a la hora de proteger los sustentos de vida indígena.

En *SS*, los dos jóvenes del norte, Auntie y Angel formulan un lenguaje apoyado en los derechos indígenas, para justificar su resistencia contra la represa en sus diálogos con otros indígenas, el personal de la compañía hidroeléctrica y los funcionarios oficiales locales. Apropiándose del lenguaje legal euroamericano, caracterizado por la neutralidad y objetividad, los personajes indígenas en *SS* problematizan la justicia de las leyes.

4.3 El lenguaje ecológico en *Almanac of the Dead*

En *AD*, los personajes indígenas son hábiles constructores de coaliciones. A la hora de persuadir a los no indígenas, algunos como Barefoot Hopi y Tacho, se valen de la oralidad, que desvela la sabiduría ecológica indígena. Estas tradiciones sirven para reforzar la conciencia ecológica al público, descomponiendo los valores culturales euroamericanos antropocéntricos.

En *AD*, Barefoot Hopi y los hermanos gemelos mayas promulgan una religión, cuyo dogma es lo sagrado de la naturaleza. El primero es un activista indígena dedicado a la causa ecologista, así como la protección de la Madre Tierra. Por ejemplo, para proteger la sagrada Danza de Serpiente del sacrilegio de los turistas blancos, Barefoot Hopi dispara al helicóptero que la agencia de viajes alquila (617). Debido a este crimen, es encarcelado. En este encierro encuentra la carrera a la que se dedica

> 印第安
> 生态文学
> 西尔科与
> 霍根的反思

Literatura ecológica indígena
reflexiones de Silko y Hogan

por el resto de su vida: la construcción de una coalición multiétnica para liberar la Madre Tierra de la explotación europea (617).

Para ello, promueve una religión basada en la reverencia a la Madre Tierra, la cual incluye a cualquier persona, ya que cada una "was born belonging to the earth" (625). Barefoot Hopi se convierte así, en una celebridad de la cárcel al contar a los prisioneros las historias orales indígenas (625). Para convertir a la gente a su religión, les escribe cartas. Sin embargo, en vez de hablar sobre la liberación y las revueltas, les narra historias sobre la "Madre Maíz" ("Corn Mother"), la "Mujer Araña Vieja" ("Old Spider Woman"), la "serpiente grande" ("big snake") y también los sueños que tiene (620).

Las cartas funcionan eficazmente para convertir a la gente. Con ello, les persuade de la sacralidad y la necesidad de reverenciar a la Madre Tierra y de lo problemático de las afrentas que se están cometiendo hacia ella:

> the Barefoot Hopi had talked about desecration. Earth was their mother, but her land and water could never be desecrated; blasted open and polluted by man, but never desecrated. Man only desecrated himself in such acts; puny humans could not affect the integrity of Earth. Earth always was and would ever be sacred. Mother Earth might be ravaged by the Destroyers, but she still loved the people. (625)

Los dogmas de la religión indígena son tan persuasivos que acaba convirtiendo no solo a personas de ascendencia indígena sino también a aquellas que no pertenecen a ella, tanto a nivel étnico, como religioso (627).

Los gemelos mayas, El Feo y Tacho, son figuras creadas por Silko siguiendo el modelo de los dioses gemelos mayas en *Popol Vuh*, Hunahpú y Ixbalanqué. Igual que Barefoot Hopi, los gemelos promulgan la religión indígena que venera a la Madre Tierra e incluyen a cualquier converso comprometido con la defensa de esta visión divina de la naturaleza. El nativo-americano declara que "converts were always welcome". Y afirma: "Mother Earth embraced the souls of all who loved her." (736).

Con el fin de cumplir una profecía antigua maya, los gemelos organizan una peregrinación religiosa pacífica desde el estado de Chiapas, México hasta la zona fronteriza con los Estados Unidos. Tal y como les indican los espíritus de guacamayo, estas personas han de caminar a pie sin armas, deshaciéndose de los vicios morales europeos con el fin de alcanzar una armonía con las vidas no-humanas y la Madre Tierra: "It was only necessary to walk with the people and let go of all the greed and the selfishness in one's heart. One must be able to let go of a great many comforts and all things European; but the reward would be peace and harmony with all living things. All they had to do was return to Mother Earth. No more blasting, digging, or burning." (710)

▶ 印第安
生态文学
西尔科与
霍根的反思

Literatura ecológica
indígena
reflexiones de Silko y Hogan

La religión tribal representada en *AD,* con su dogma basado en lo sagrado de la Madre Tierra, no es de carácter asimilacionista. La religión tribal no obliga a sus conversos a aceptar los valores culturales indígenas ni su cosmovisión, según la cual la naturaleza es percibida como un ser sintiente. El movimiento religioso indígena presentado por la autora demuestra características inclusivas en lo relativo a las diferentes ontologías naturales, culturales y políticas. Por ejemplo, el hacker coreano Awa Gee y la organización ecologista radical de perspectiva ecología profunda, Green Vengeance, no comparten las mismas posiciones políticas y culturales que los pueblos indígenas.

La propuesta de Green Vengeance es, de hecho, bastante racista. Pretenden "build a wall across the U.S.'s southern border to keep out all the 'little brown people'." (Silko, *AD* 690) A pesar de esto, está comprometido con la causa ecológica. Por ejemplo, varios guerreros ecológicos de Green Vengeance sacrifican sus vidas para liberar el Río Colorado (733). Sin embargo, las diversas partes de la coalición multiétnica comparten una meta común: la protección ecológica.

Awa Gee está en contra de las empresas energéticas, pues desea que la tierra, dañada y rota, descanse y se cure (638). Las diferencias no impiden que los grupos multiculturales colaboren en los aspectos comunes relativos a la protección del medio ambiente. Entonces, para los conversos multiétnicos y multiculturales, el dogma religioso indígena basado en lo sagrado de la Madre Tierra se entiende mejor como un valor moral y emocional que aprecia la naturaleza como algo insustituible e indispensable para la supervivencia humana. De este conocimiento común deriva un respeto supremo hacia la necesidad de preservar la naturaleza, un sentido de cuidado hacia el mundo no-humano y unos códigos de conducta que posibiliten los comportamientos humanos responsables y amigables con lo no-humano. En este sentido, lo sagrado de la Madre Tierra, corresponde a lo que el sociólogo Matthew T. Evans denomina "lo sagrado apartado" ("set-apart sacred") (32).

Según el sociólogo Matthew T. Evans, en la sociedad moderna, el significado de lo sagrado no tiene que conllevar necesariamente una dimensión divina. En muchos casos, la sacralidad se utiliza fuera del contexto religioso y se aplica a la vida ordinaria. En este último caso, al describir algo como sagrado, uno destaca que algo es indispensable, con suprema importancia y digno del mayor respeto.

Este significado de la sacralidad en términos amplios, más laicos, son lo que Matthew T. Evans denomina "set-apart sacred" , entendido en español como "lo sagrado apartado" (32-33). "Sagrado" se define en relación con la religión y la transcendencia: "Digno de veneración por su carácter divino o por estar relacionado con la divinidad." "Que es objeto de culto por su relación con fuerzas sobrenaturales." "Perteneciente o

Capítulo 4 | 171

relativo al culto divino." Según el diccionario de la RAE significa "digno de veneración y respeto." También es "irrenunciable" ("Sagrado").

Para el reconocido sociólogo, también existen varias categorías de lo sagrado apartado. Por un lado, la sacralidad puede darse a nivel individual. Por ejemplo, la familia puede ser sagrada para una persona porque la considera importantísima. Por otro lado, se puede apreciar también una sacralidad a nivel colectivo, lo "sagrado-civil" .

En muchos casos, lo sagrado-civil está relacionado con la cultura popular. Por ejemplo, McDonald's es un sitio sagrado en zonas poco urbanizadas (33). El estadio de los New York Yankees es sagrado para los fanes del equipo de béisbol (40). También está relacionado esencialmente con la vida política en la sociedad moderna.

Los ciudadanos consideran sagrados los símbolos estatales: las leyes, las instituciones públicas, los mecanismos democráticos y económicos. La sociedad civil también venera los lugares y los objetos representativos del Estado-nación, por ejemplo: la bandera y el himno nacional. En el caso estadounidense, la Explanada Nacional es un espacio público sagrado nacional.

Se puede encontrar otros casos, como el Centro Mundial de Comercio, que fue un icono sagrado, representativo de la potencia económica, política y militar estadounidense (M. T. Evans 42). Pese a la fluidez del contenido y la diversidad de las categorías, lo sagrado apartado propuesto por este investigador pone de manifiesto el uso extendido y el significado laico de un término con origen religioso en la sociedad moderna.

Hoy en día, sobre todo, el empleo de lo sagrado implica una gran emoción y un respeto de mayor grado (M. T. Evans 38). En *AD*, según Tacho dice a sus oyentes, su religión da la bienvenida a los conversos multiétnicos y multiculturales siempre que prometan cuidar la naturaleza (736). Dado el valor emocional y moral implicado por lo sagrado apartado, la sacralidad de la Madre Tierra, en vez de imponer una ontología natural indígena sobre los conversos multiétnicos y multiculturales, promulga una conciencia ecológica. En la novela, el movimiento religioso indígena se da a nivel internacional. Con esto, Silko indica que lo sagrado de la naturaleza, como un principio moral y código de conducta fundamental, debe aplicarse universalmente. En la introducción a *Justicia, naturaleza y la geografía de la diferencia* (1996), David Harvey revela la importancia de un conocimiento común global frente a la crisis ecológica mundial con su experiencia en una conferencia internacional en Duke University de 1994.

Según Harvey, las "corrientes hipercríticas de pensamiento" de "posestructuralismo, posmodernismo, deconstruccionismo y similares" que predominaron en la conferencia le confundieron cada vez más (15). Mientras que las pasiones, entusiasmo y emoción que reinaron en el Encuentro Regional del Sudeste de Predicadores Evangélicos Pentecostales le impresionaron. La invocación hecha por el predicador le inspiró: "A lo largo de estos cuatro días hemos llegado a entender las creencias fundacionales que nos mantienen firmes en la roca." (16) Para Harvey, las tendencias deconstruccionistas, relativistas y posmodernistas imposibilitan un trabajo cooperativo y conjunto. Por eso, no deben descartar las creencias fundamentales como una posibilidad de ayudar a "encontrar un fundamento más verosímil y adecuado" frente a la globalización de la crisis ecológica (16).

Al igual que Harvey, Joni Adamson también aboga por una rectificación de la tendencia a la ambigüedad, opacidad y escepticismo de las teorías posmodernistas (*American Indian Literature* 78). Reclama que las diversas partes trabajen conjuntamente para encontrar un terreno común sobre el que se fundamente la cooperación (XVII). En la novela de Silko, la propuesta indígena al promover un sentido de lo sagrado de la Madre Tierra que abrace universalmente a todas las criaturas de la Tierra (Silko, *AD* 718) puede ayudar a cultivar un sentido de solidaridad política, que posiblemente facilite un terreno común donde cooperen los diversas partes.

De hecho, además de las "creencias fundamentales", entendidas en *AD* como la sacralidad de la Madre Tierra y un código de conducta, la frase de Harvey se hace eco de otro aspecto reflejado en el movimiento religioso ficticio en esta novela: la emoción. En comparación con el ambiente serio que reinaba en las conferencias académicas, los discursos apasionantes en el Encuentro Regional del Sudeste de Predicadores Evangélicos Pentecostales conmovieron más a Harvey. Este lenguaje emotivo y afectivo también caracteriza el *lobby* indígena en *AD*, como el de Barefoot Hopi y Tacho.

Comparando el discurso racional y objetivo, según Scott Slovic y Paul Slovic, la emoción es un método potente para alcanzar y convencer a la audiencia (15). Adicionalmente, señalan que la emoción no se limita a ser un discurso entendido como un lenguaje, sino que este es, al mismo tiempo, el instrumento cognitivo para la comprensión humana. Las relaciones entre la racionalidad y la emoción funcionan como métodos cognitivos que capacitan a los seres humanos a percibir y pensar, en vez de ser exclusivas son complementarias (6).

En *AD*, la sacralidad de la Madre Tierra apoyada en la tradición oral indígena promueve un sentido de respeto, cuidado, amor y responsabilidad humana de máximo nivel hacia el mundo natural. Y de esta forma, desaprende el método cognitivo racionalista caracterizado por el antropocentrismo.

En *AD*, las historias cosmológicas constituyen la fuente del discurso ecologista indígena. Este lenguaje ecológico, que promueve la sacralidad de la Madre Tierra, ayuda a los oyentes a comprender la motivación indigenista de los pueblos: defender el bienestar de la naturaleza, revertir las injusticias históricas y actuales.

4.4 El lenguaje ecológico en *Solar Storms*

En *SS*, la lucha contra la construcción de la hidroeléctrica es llevada a cabo por una coalición multiétnica. Las tribus indígenas ficticias forman la parte principal de la resistencia de base, entre las cuales están los indígenas ficticios de Gente Hermosa y Nanos junto a otros pueblos reales como los chickasaw[1] y ojibwa[2] (Hogan, *SS* 309).

Los no indígenas también participan en la lucha de base, entre los cuales están los habitantes locales de Two-Town y las personas nómadas. Mrs. Lampier, la dueña de la casa donde Angel y sus abuelas se alojan cuando acaban de llegar a Two-Town, no quiere trasladarse del lugar y se junta con los activistas indígenas (281). El dueño del correo del pueblo, Orensen, un euroamericano, en un principio consideraba a los activistas indígenas como alborotadores. Sin embargo, después de ser testigo de las injusticias hechas por parte de la autoridad contra los mismos, decide afiliarse a ellos (301). Las personas nómadas, cazadores, también se juntan con los activistas debido a que la inundación causada por la construcción de la hidroeléctrica ha destruido los bosques donde cazan (302).

---

[1] En *SS*, Bush era chickasaw de Oklahoma.

[2] En *SS*, Arlie Caso House era un estratega ojibwa, muy hábil en organizar los movimientos *grassroots*.

Esta coalición multiétnica es construida gracias al viaje de los indígenas. En *SS*, dos jóvenes del norte viajan en canoa al sur para informar a los habitantes locales sobre la construcción de la presa. Gracias a su movilización, muchos habitantes indígenas, incluidas las cuatro mujeres de Adam's Rib, van a Two-Town para resistir el proyecto hidroeléctrico. Este viaje en canoa, presenta similitudes a las movilizaciones transnacionales hechas por activistas cree en su intento de frenar el proyecto hidroeléctrico de la Bahía James en el mundo real.

En *SS*, Miss Nett acude a los activistas indígenas de Holy String Town después de escuchar las acusaciones contra las autoridades hechas por Angel en la entrevista radiofónica (294). Los cazadores y los doce estrategas indígenas liderados por Arlie Caso House se informan de la causa gracias a los reportajes periodísticos y documentales publicados por Bush en los que contaba los acontecimientos trágicos ocurridos en las comunidades indígenas (308).

Estas coaliciones multiétnicas se construyen con los viajes indígenas, así como la narración de sus historias orales a través de los medios de comunicación. Esto convierte a la novela en un espacio público donde Hogan persuade a los lectores con las tradiciones orales indígenas para deconstruir los valores antropocéntricos. En *SS*, las abuelas de Angel le cuentan historias sobre los castores, la figura legendaria del glotón, el

▶ 印第安
生态文学
西尔科与
霍根的反思

Literatura ecológica indígena
reflexiones de Silko y Hogan

último oso y los espíritus de los muertos. Estos relatos orales contienen implicaciones ecologistas para los lectores tanto indígenas como no indígenas. Eso se debe a la doble identidad cultural de Angel, a quién se dirigen estas anécdotas. Angel es una indígena asimilada a la cultura euroamericana.

Cuando vuelve por primera vez a su pueblo natal, la joven de 17 años encarna a la perfección los valores culturales euroamericanos. Por eso, en un principio, no comprende las tradiciones ni comportamientos de su gente e incluso considera la creencia indígena como supersticiosa. Sin embargo, gracias la narración de las historias orales indígenas y la convivencia con su gente, cuestiona las ideologías euroamericanas, acepta los valores culturales indígenas y, por fin, recupera su identidad tribal.

En este sentido, la doble condición de Angel como una indígena asimilada al mundo euroamericano facilita diferentes interpretaciones sobre las historias orales en *SS*. Por una parte, para la protagonista, como sujeto indígena, la narración de las historias orales tradicionales sirve para reforzar la identidad indígena, fomentar el sentido de pertenencia y despertar una conciencia étnica. Por otro lado, el proceso de cómo una indígena asimilada a la cultura euroamericana llega a cuestionar la ideología predominante escuchando las historias orales indígenas puede leerse como una estrategia de persuasión indígena propuesta por Hogan a través del espacio novelístico.

Valiéndose de esta persuasión novelística basada en la narración de las historias orales indígenas, Hogan propone una alternativa a la ontología natural euroamericana caracterizada por el antropocentrismo y descompone el aspecto apolítico de la "autenticidad" indígena con la función de educar a los lectores no indígenas. En este sentido, es significante el análisis del mito de creación de la Gente Hermosa para demostrar el modo en el que Hogan politiza la oralidad indígena para persuadir políticamente a los lectores no indígenas.

Tulik le cuenta también a Angel el mito de creación de la Gente Hermosa. Según narra, los castores fueron los creadores del mundo. En un principio, en el mundo no había nada sino agua y durante la mitad del año esta estaba congelada. Los castores trajeron el barro desde el fondo de las aguas y formaron la superficie terrestre. Por medio del agua, construyeron un puente con ramas que facilitó el acceso de los diferentes seres al nuevo mundo: "They laid sticks down across the water. It was like a trail the new creatures and nations and people to come would walk across." (238) Por último, crearon los seres humanos con el barro.

Los castores hicieron un pacto con los seres humanos: los primeros ofrecerían alimentos a los seres humanos, y los seres humanos, a cambio, se responsabilizarían de proteger el medioambiente: "When Beaver shaped the humans, who were strangers to the rest of creation, they made a pact with them. They gave their word. They would help each other, they said. Beaver offered fish and waterfowl and animals. The people, in turn, would take care of the world and speak with the gods and all creation." (239)

  Analizando esta leyenda en paralelo a la teoría política del pacto social, es obvio que Hogan politiza el mito cosmológico para descentralizar el antropocentrismo predominante en el contractualismo, así como revindicar hacer justicia a la naturaleza incluyendo el mundo no-humano al pacto social, lo que revela el carácter político de la oralidad indígena, cuyo tema político inherente es la soberanía.

  El contractualismo hace referencia a un conjunto de teorías políticas evolutivas y homogéneas sobre el pacto social. Se trata de la corriente política más influyente en los últimos trescientos años determinando en mayor o menor medida la estructura y el mecanismo estatal de los Estados-nación. Originado en el siglo XVII, con los filósofos políticos clásicos Thomas Hobbes y John Locke, el contractualismo se encuentra actualizado con uno de los filósofos políticos contemporáneos más influyentes llamado John Rawls. Esta evolución hace que esta corriente no sea un conjunto de doctrinas uniformes.

  Bajo el contractualismo hobbesiano, la naturaleza es el objeto de explotación utilizado para maximizar el interés humano. Esta tendencia radicalmente antropocéntrica hobbesiana es suavizada por el contractualismo rawlsiano, que sugiere la simpatía humana hacia lo no-humano. Pese a la suavización del antropocentrismo en el contractualismo rawlsiano, cualquier corriente contractualista es fundamentalmente antropocéntrico, porque excluye a los animales del pacto social. Debido a que los animales no presenten la igualdad moral que los seres humanos, sobre todo la racionalidad, no son cualificados para entrar el pacto social (Schlosberg, *Defining Environmental Justice* 104-108; 144). En este sentido, la falta de la competencia moral imposibilita a los seres no-humanos a cooperar o establecer reciprocidad con los seres humanos. Según David Schlosberg citando al teórico rawlsiano Brian Barry, la naturaleza está fuera del alcance del pacto social debido a su incapacidad para cooperar voluntariamente ni ofrecer justicia a cambio de la recibida (citado en Schlosberg, *Defining Environmental Justice* 105).

Para descentralizar el antropocentrismo inherente al contractualismo, Schlosberg, revindica la justicia ecológica, es decir, incorporar los seres no-humanos a la comunidad moral como parte cualificada del pacto social. El autor sugiere que, en vez de destacar las diferencias entre los seres humanos y la naturaleza, busquen las "qualities that human beings have in common with many animals and/or the rest of the larger natural world" (136).

> 印第安
> 生态文学
> 西尔科与
> 霍根的反思

Literatura ecológica
indígena
reflexiones de Silko y Hogan

Estas cualidades compartidas entre los seres humanos y no-humanos, derivan de la "*essence of being* that we share with nonhuman nature: needs, sentience, interests, agency, physical integrity, and the unfolding of potential" (133; énfasis en el original). Según la filósofa Martha C. Nussbaum, siempre que una criatura tenga la capacidad para sentir dolor, es decir, ser sintiente, mover, establecer afiliaciones con otros seres o razonar, se puede decir que esta criatura tiene un estatus moral.

El concepto del realismo agencial propuesto por la teórica feminista Karen Barad también es ilustrativo. Según Barad, cualquier ser tiene la agencialidad por el simple hecho de existir. Y esta capacidad agente se manifiesta a través de su forma de interactuar con otros seres y el propio medioambiente. Esta agencialidad, compartida por todos los seres vivos y todas las sustancias, incluidos los átomos, deriva de la existencia material (129).

Schlosberg, Nussbaum y Barad coinciden en destacar la similitud que los seres humanos comparten con los no-humanos como seres vivos y vidas materiales. Para Nussbaum y Schlosberg, la racionalidad no es la condición indispensable para obtener el estatus moral. Todos los seres son iguales moralmente compartiendo la esencia de la vida. En cuanto a la cooperación y reciprocidad, otro obstáculo establecido por la teoría contractualista para la incorporación de la naturaleza al pacto social, dada la integridad ecológica, es que todos los seres que comparten un hábitat colaboran entre sí contribuyendo al buen funcionamiento del ecosistema.

En *SS*, el mito de creación sobre el pacto entre los castores y los indígenas indigeniza el contractualismo occidental. Por una parte, deconstruye el antropocentrismo predominante en las teorías sobre el acuerdo social y exige hacer justicia a la naturaleza mediante el establecimiento del pacto entre los seres humanos y no-humanos. Así, el texto nos muestra una perspectiva en la que los castores no son objetos para ser explotados, en pro de una maximización del interés humano, según lo establecido por la teoría hobbesiana ni los objetos de la simpatía humana según la corriente contractualista rawlsiana.

Los castores son sujetos políticos, presentan una agencialidad y desempeñan una función ecológica indispensable para el buen funcionamiento del ecosistema local, ya que de acuerdo con el mito antes descrito, son formadores del paisaje de la tierra y el agua. En la novela, la ayuda mutua pactada entre los castores y los indígenas pone de manifiesto las relaciones colaborativas y de reciprocidad ofrecidas mutuamente entre ambas partes. Además, el convenio acordado entre los castores y los indígenas exige una mayor responsabilidad y una alta conciencia ecológica por parte de los seres humanos a cambio de los recursos primarios ofrecidos por la naturaleza, es decir, el cuidado y protección del ecosistema.

> 印第安
> 生态文学
> 西尔科与
> 霍根的反思

Literatura ecológica indígena
reflexiones de Silko y Hogan

Por otra parte, el mito de creación de la Gente Hermosa deconstruye la "autenticidad" indígena revelando el carácter ecológico de la oralidad indígena e indigeniza el concepto de la soberanía euroamericana.

La oralidad, considerada como el mayor representante de la "autenticidad" cultural indígena, siempre ha tratado el tema de la soberanía. Según apunta Womack: "Sovereignty is inherent as an intellectual idea in Native cultures, a political practice, and a theme of oral traditions; and the concept, as well as the practice, predates European contact." (51) Mientras que la soberanía euroamericana se caracteriza por el antropocentrismo, la indígena, como revela el mito de creación, trata a los múltiples cosmos no-humanos como partes iguales e independientes del mundo humano. Bajo la teoría hobbesiana, la legitimidad de la autoridad suprema de los estados, deriva de la cesión de determinadas libertades por parte de la sociedad civil a cambio de la maximización del interés individual.

La soberanía indígena revelada por el pacto acordado entre los castores y los indígenas, a su vez, se justifica a través de la consideración humana por el bien de todos los seres que comparten un ecosistema. Los relatos cosmológicos, como apunta Adamson, sirven como estrategia para descentralizar el antropocentrismo ("Source of life" 267). En *SS*, el mito de creación que Tulik cuenta a Angel, y también a los lectores no indígenas, tiene el objetivo de deconstuir el contrato social antropocéntrico.

En ambas novelas, las tradiciones orales constituyen el discurso de justicia ambiental de los personajes indígenas. Silko y Hogan las emplean como estrategia persuasiva para desaprender el antropocentrismo. En *AD*, la resurrección de la fe tribal supone un valor moral supremo y un principio de comportamiento fundamentado en el respeto y cuidado de la naturaleza en el que las historias orales sobre los espíritus de la Madre Maíz, la Mujer Araña Vieja, la serpiente grande constituyen una contranarrativa a la espiritualidad antropocéntrica, dualista y abstracta euroamericana.

En comunión con este aspecto, en *SS*, el mito de creación, entre los castores y los indígenas de Gente Hermosa, reconoce la igualdad moral entre los seres humanos y no-humanos, incorporando el mundo natural al pacto social y, de esta forma, descentralizando el antropocentrismo predominante en el contractualismo.

La oralidad, como soporte material del saber ecológico indígena, caracteriza la literatura nativo-americana. No obstante, tal como apunta el académico Christopher Teuton, la sociedad euroamericana y las áreas académicas estadounidenses, por ejemplo, la antropología, la etnografía y los estudios sobre la literatura nativo-americana presentan un binario de oralidad/escritura. Según Teuton citando a Victor Li en su *The Neo-primitivist Turn: Critical Reflections on Alterity, Culture, and Modernity* (2006), el término

> 印第安
> 生态文学
> 西尔科与
> 霍根的反思

Literatura ecológica indígena
reflexiones de Silko y Hogan

"oral", como un descriptor de las culturas, sociedades y gente indígena, predomina como un *status quo* (9).

En la literatura nativo-americana, según señala el filólogo Michael D. Wilson, en su *Writing Home: Indigenous Narratives of Resistance* (2008), una auténtica representación literaria suele estar marcada por "correct cultural information, historical details, and oral traditions" (citado en Teuton 9). Según Teuton, refiriéndose a Maureen Konkle en su *The Truth about Stories: A Native Narrative* (2003), la principal diferencia entre los sujetos indígenas y los blancos reside en que los primeros presentan una epistemología y la tradición narrativa orales mientras que por parte de los blancos, esta cultura tiene un carácter escrito (citado en Teuton 10).

La literatura nativo-americana fue definida como una tradición oral que los antropólogos comenzaron a registrar y escribir a partir del siglo XIX. Estos registros se consideran por lo general característicos elementos de lo indígena, pues el objetivo de su creación era precisamente salvaguardar las tradiciones orales indígenas al borde de la extinción. Tal y como señala Teuton, actualmente "orality continues to be invoked as a marker of authenticity" (10).

Tal como se ha mencionado anteriormente, la literatura oral se limita a ser una literatura nativo-americana singular. Pese al impacto tanto en el público como en el campo académico, el renacimiento literario nativo-americano, que se fundamenta en la escritura en la lengua inglesa por parte de los escritores nativo-americanos, siempre ha despertado discrepancias.

Hablando sobre la adaptación de las tradiciones orales indígenas a la lengua inglesa y la escritura, el filólogo Paul Beekman Taylor apunta que muchos escritores indígenas son criticados por agravar la apropiación imperialista de la cultura indígena por parte del mundo euroamericano, en concreto, la antropología, la etnografía y el mercado literario (26).

Al ser presentados en la cultura literaria euroamericana y exportados al mercado literario público, los relatos orales indígenas están inevitablemente alterados. Dado su carácter sagrado, muchos indígenas —incluidos los mismos autores— tienen miedo de que sus relatos y secretos se conviertan en una diversión para los lectores euroamericanos, que ven las historias indígenas como exóticos artefactos culturales (Taylor 28).

El acto de narrar oralmente supone el establecimiento de las relaciones entre el narrador y los oyentes. Los relatos orales también son cambiantes y evolutivos. Su contenido varía según los narradores. Y cada vez que cuenta una historia, un cuentacuentos no transmite un mismo relato. Sin embargo, al ser transcritas al inglés por los misioneros, antropólogos y etnógrafos

> 印第安
> 生态文学
> 西尔科与
> 霍根的反思

Literatura ecológica indígena
reflexiones de Silko y Hogan

euroamericanos, estas dinámicas de la tradición oral quedan fijadas. La viva voz indígena se convierte en la voz muerta al ser codificada textualmente e imprimida.

Como el personaje principal de *Dead Voices: Natural Agonies in the New World* (1992) de Gerald Vizenor, Bagese confirma: "Our voices died in the cold hands of the wordies, the missionaries and anthropologists."(137) Lamenta diciendo: "Our animals and stories have been hunted down to the last sanctuaries in the cities." (137) Según él, "The tribes were invented by these word demons who hunted our animals and buried our voices."(137) En *Dead Voices*, Vizenor denomina los misioneros y la academia euroamericana como los "verbosos" ("wordies"). La indigeneidad codificada textualmente por estos euroamericanos verbosos acaba transformándose en la voz muerta indígena.

Sin embargo, la escritura en lengua inglesa, para las tribus nativo-americanas silenciadas por las políticas de la asimilación cultural, sobre todo la erradicación de las lenguas nativas, es una vía para romper con el silencio, articular la voz y generar espacios de resistencia. La escritura, de igual manera, es esencialmente la narración de historias. Según Weaver lo que hacen los autores nativo-americanos es contar historias (3).

Pese a la alteración lingüística y estética resultante de la adaptación de la oralidad a la escritura y la traducción de la lengua nativa a la inglesa, la función pragmática de las historias indígenas permanece: narrar es al mismo tiempo un acto de resistencia. Adamson indica que los escritores, los contadores de las historias orales y los activistas indígenas han adaptado los relatos cosmológicos constantemente para alterar la asimetría de poder causante de los problemas ecológicos y sociales ("Source of life" 258).

Según Silko, para los indígenas laguna, la narración oral sirve para reforzar la identidad colectiva, el sentido de pertenencia y mantener la comunidad indígena en solidaridad: "The storytelling had the effect of placing an incident in the wider context of Pueblo history so that individual loss or failure was less personalized and became part of the village's eternal narratives about loss and failure, narratives that identify the village and that tell the people who they are." (*Yellow Woman* 91)

La escritura, a su vez, como apunta Jace Weaver, "prepares the ground for recovery, and even re-creation, of Indian identity and culture" (44). Adicionalmente, la escritura indígena sirve para registrar los cambios en las tradiciones y, por tanto, puede definirse más allá de la nostalgia etnográfica. Al retratar sus historias en papel, los escritores participan en la reconstrucción de los valores y la identidad frente a la vida moderna (Weaver 8).

La narración de las historias indígenas —sea escrita u oral— sirve para resistir contra la asimilación cultural y

Literatura ecológica indígena
reflexiones de Silko y Hogan

las injusticias medioambientales impuestas por parte del mundo euroamericano. Así pues, *AD* y *SS* sirven como un lugar de resistencia donde Silko y Hogan articulan las voces indígenas a través de la praxis de escribir.

Capítulo 5
Reflexiones finales

El análisis dilucida que, a través de sus novelas, las autoras ven la articulación de la voz del Otro étnico primordial acerca del tema de justicia ambiental, cuestión fundamental para el bienestar material y cultural de los grupos tratados.

Silko y Hogan Representan deterioros ecológicos y los definen en término socioeconómicos y, sobre todo, culturales. En *Almanac of the Dead* y *Solar Storms*, se plasman problemas ambientales como la contaminación nuclear, la crisis del agua y las inundaciones debido a la construcción hidroeléctrica. Silko y Hogan presentan desastres naturales apocalípticos derivados del deterioro ecológico.

A pesar de que los personajes nativo-americanos consideran los desastres naturales como algo desagradable, los primeros, al indigenizar los desastres naturales con su cosmovisión, los ven como la venganza de la naturaleza contra los explotadores euroamericanos, los perciben con optimismo y se ofrecen a unirse a la fuerza rebelde de la naturaleza.

En las dos novelas, la naturaleza, en vez de ser representada bajo una visión dualista, es el lugar donde la gente vive y los EDCs (conflictos ecológicos distributivos) tienen lugar. La naturaleza tiene significado material y

▶ 印第安
生态文学
西尔科与
霍根的反思

Literatura ecológica
indígena
reflexiones de Silko y Hogan

cultural para los pueblos tratados. Los personajes nativo-americanos consideran que la naturaleza es sagrada, presenta agencialidad y tiene valor intrínseco. Así pues, Silko y Hogan la presentan como un ser sintiente. Las autoras definen el problema ecológico como cuestión de supervivencia material y cultural. En ambos casos, el deterioro ecológico supone el perjuicio del derecho a la vida, a la cultura y a la forma de vivir. En las dos novelas, la crisis ambiental deriva de la destrucción de todo un universo indígena. Así pues, se concluye que las escritoras enfatizan la dimensión cultural del deterioro ecológico. En resumen, definen la injusticia ambiental en términos de la desigualdad social, económica y cultural.

En las dos novelas se presentan personajes indígenas ecologistas, es decir, con conciencia ecológica y ambientalista. Desmantelan la estereotipación sobre los pueblos tratados. Por una parte, los grupos hegemónicos los discriminan como personas salvajes, atrasadas, ignorantes e intelectualmente inferiores. Por otro lado, los idealizan como personas cercanas a la naturaleza, que llevan una vida modesta y armoniosa con el medioambiente.

No obstante, estos rasgos "positivos" derivan de la construcción del Otro étnico como personas retrógradas y "especímenes vivos" de la historia humana premoderna. En ambas historias, los protagonistas son capaces de manejar los conocimientos científicos y alternar los diversos discursos de derecho para su fin. Es por esto que, los autores desvinculan al Otro étnico de los estereotipos como la barbaridad, la ignorancia y la invalidez intelectual.

Los personajes nativo-americanos presentan características ecológicamente positivas y son plasmados como guardianes de la naturaleza con sabiduría ecológica. Esta índole ecologista de los protagonistas deriva de sus tradiciones, que revelan una actitud humana respetuosa con la naturaleza y contienen conocimientos con valor ecológico.

En *AD* y *SS*, la cosmovisión, la tradición religiosa y oral —las profecías, los relatos sobre los espíritus como la Madre Maíz, la Mujer Araña Vieja, la serpiente grande, el mito de creación de la Gente Hermosa y las historias contadas por los familiares de Angel— destacan la interconexión entre los seres humanos y no-humanos, los vivos y muertos. Al reconocer a la naturaleza como un ser sintiente y sagrado, la tradición nativo-americana exige proteger los derechos del ser no-humano. Esta posición contrasta con la visión dualista euroamericana que hipersepara al mundo humano del natural.

Los protagonistas indígenas emplean un lenguaje ecologista apoyado en oralidad. Este activismo ecologista está orientado por la cosmovisión y la tradición indígena que extienden la consideración moral y política al mundo natural. El ambientalismo nativo-americano en *AD* y *SS* presenta similitudes a los movimientos en el mundo real, a saber el movimiento de justicia medioambiental estadounidense, el indigenismo y el

Capítulo 5 | 193

▶ 印第安
生态文学
西尔科与
霍根的反思

Literatura ecológica indígena
reflexiones de Silko y Hogan

movimiento cosmopolítico indígena a lo largo de las Américas. Los protagonistas de las novelas no solamente requieren la justicia ambiental. Al exigir hacer justicia a la naturaleza, plantean un cambio radical del marco político actual caracterizado por el antropocentrismo.

Se constata que las dos novelas sirven como un lugar donde las autoras, comprometidas ecológica y socialmente, practican el artivismo, es decir, una resistencia retórica y artística. Silko y Hogan son directas y atrevidas a la hora de criticar ecosocialmente. La reivindicación ecologista indígena fundamentada en la cultura y tradición nativo-americana, el proyecto cosmopolítico y la movilización ecologista —basada en acciones directas—, son formuladas por ambas de forma directa. Pese a la aceptación pública en cuanto a las críticas contra el racismo y el tema del activismo de base en los Estados Unidos, cuidan el valor estético y los efectos persuasivos que esto puede tener en los lectores.

En ambas novelas, se destaca el lenguaje ecologista basado en la tradición oral indígena. El uso de esta escritura tiene una doble función: forma parte del proyecto cosmopolítico nativo; persuade a los no indígenas para que entiendan la movilización social indígena y cuestiona los valores antropocéntricos y dualistas. Las dos autoras adoptan un lenguaje y estrategia según los contextos sociales, temas y grupos étnicos tratados. El valor estético, la narración de historias y la representación literaria sirven para revelar las injusticias sociales, criticar socialmente, expresar la reivindicación política y, sobre todo, obtener un mejor efecto persuasivo a la hora de concienciar ecológicamente a los lectores.

En resumen, comprometidas con la injusticia ambiental, las dos escritoras articulan la voz del Otro étnico en sus novelas. Visibilizan el sufrimiento de los grupos minoritarios étnicos debido a la crisis ecológica. Coinciden en ver la cuestión ecológica como un asunto de la supervivencia humana y el derecho a la cultura. El activismo ecologista indígena plasmado por Silko y Hogan presenta similitudes al movimiento de justicia medioambiental estadounidense e internacional, sobre todo, el indigenismo y el movimiento cosmopolítico. Escribiendo novelas, Silko y Hogan articulan la voz diferente y resistente del Otro indígena.

Haciendo uso del concepto de "literatura de resistencia", acuñado por Harlow, y dejando al lado el contexto social donde Harlow acuña el término, es decir, los movimientos de liberación en el Sur Global, considero las dos novelas pertenecientes a lo que denomino la "literatura de resistencia ambientalista". Por una parte, el término literatura de resistencia revela las interconexiones entre la literatura y la resistencia social y política: la literatura como artivismo y un lugar donde los autores resisten. Por otra parte, la palabra resistencia abarca un amplio espectro de conceptualizaciones, tales como la declarada, la encubierta y la retórica.

En las dos novelas, vemos las diferentes formas de resistencia presentadas por los personajes y los diversos

▶ 印第安
生态文学
西尔科与
霍根的反思

Literatura ecológica
indigena
reflexiones de Silko y Hogan

estilos de la resistencia retórica de las autoras. En este sentido, la literatura de resistencia ambientalista engloba las diferencias presentadas por las dos novelas comprometidas con la (in)justicia medioambiental.

El análisis ecócritico de las dos novelas contribuye al compromiso posthumanista de la ecocrítica. La representación de los problemas ecológicos y el cuestionamiento de los valores antropocéntricos suprime el estatus central y privilegiado humano en la noción del "ser humano". La articulación de la voz del Otro étnico, el desmantelamiento de estos Otros estereotipados, la reivindicación de sus culturas y saberes ecológicos, contribuyen a una reconceptualización de la humanidad más holística, pluralizada, equitativa e inclusiva. La visión nativo-americana sobre la naturaleza como un ser sintiente, así como su proyecto político cosmopolítico en *AD* y *SS* sugiere una reflexión sobre el concepto del ser humano más atenta a la voz no-humana.

Bajo la perspectiva del movimiento de justicia medioambiental global, *AD* y *SS* amplían la escala temporal de EJAtlas remontando la causa indígena a la época colonial. En cuanto al vocabulario de justicia medioambiental, el discurso ecologista apoyado en la tradición oral indígena en las novelas supera las limitaciones de un discurso político y racionalista y permite la articulación del proyecto cosmopolítico indígena. Además, la narración de las historias orales en las novelas tiene un mayor alcance y potencia. En este sentido, es un lenguaje novedoso en comparación con un lenguaje convencionalmente político, por ejemplo, del racismo medioambiental.

El análisis de las novelas es ilustrativo para reflexionar sobre algunos conceptos, por ejemplo, el racismo medioambiental, la minoría étnica y lo "ecológico", es decir, lo "verde", y el activismo ambientalista. Lawrence Buell y Martínez-Alier coinciden en formular la pregunta: ¿qué repercusiones tiene el racismo medioambiental fuera de los Estados Unidos? (*Future* 115-116; *El ecologismo de los pobres* 222). A nivel global y bajo la perspectiva poscolonial, todos los pueblos del tercer mundo son "sujetos racializados" o "indígenas".

Los Estados Unidos es uno de los países con mayor población a nivel mundial. Por eso, como propone Martínez-Alier, al hablar sobre el ecologismo de las personas de color en los Estados Unidos, las minorías étnicas estadounidenses constituirían una "mayoría" en países con poca población (*El ecologismo de los pobres* 37-38). La "mayoría" y "minoría" son conceptos relativos. No explican exacta ni necesariamente la asimetría de poder causante de la injusticia medioambiental.

Dada esta limitación del "racismo medioambiental" y la "minoría étnica", propongo que hablar en términos de alteridad (el Otro) representa un lenguaje más inclusivo bajo la perspectiva global.

En primer lugar, el Otro apunta a los valores problemáticos, centristas, dualistas y antropocéntricos. Por eso, el concepto sugiere una reflexión cultural. Segundo, es inclusivo, pues hace referencia a los diversos

> 印第安
> 生态文学
> 西尔科与   Literatura ecológica
> 霍根的反思   indígena
> reflexiones de Silko y Hogan

grupos subordinados, en términos de género, culturales, étnicos, nacionales, de clase social y naturales. Tercero, implica los dispares procesos e injustas prácticas sociales que sacrifican ecológica y socialmente a las subjetividades alterizadas. El Otro, junto con los lenguajes de resistencia regionales, puede formar parte del conjunto de discursos de justicia medioambiental. Diferentes grupos pueden usar alternativamente un lenguaje más adaptado localmente y el otro, cosmopolita dependiendo del caso.

En *AD* y *SS*, los protagonistas principales pueden entenderse como "ecológicos", pues tienen conciencia ecologista y se comportan de forma responsable ecológicamente. Además, son víctimas de la injusticia medioambiental. La incorporación de la resistencia de los pueblos originarios de los continentes americano, desde hace quinientos años hasta la actualidad, enriquecería el Mapa Mundial de Justicia Medioambiental (EJAtlas). Así que las voces del Otro silenciado y marginado constituirían una voz elocuente de esta época de crisis ecológica.

En resumen, las dos novelas contribuyen a dinamizar el movimiento de justicia medioambiental. Con sus textos, las autoras examinan el aspecto ignorado, sobre todo cultural, del discurso político, racionalista y económico predominante. El contenido ficticio, el valor estético y la narración de historias, en vez de neutralizar el tema ecosocial, pretende impactar en gran medida a los lectores para poder concienciarlos.

Como apuntan los ecocríticos Steven Hartman *et al.*, la pandemia de COVID-19 está relacionada con la intersección de la deforestación, la urbanización, la industrialización y la conglomeración de los animales silvestres en un espacio cada vez más reducido, hecho que aumenta la posibilidad de los contactos entre los seres humanos-animales y la transmisión del virus. La epidemia de coronavirus, como señala Slovic, forma parte de la crisis ecológica global marcada por el cambio climático y la extinción masiva ("COVID World").

En esta época del creciente calentamiento global, el segundo episodio de la serie de documentales sobre naturaleza *Our Planet* (2019), "Frozen Worlds" dirigido por Sophie Lanfear, revela un escenario impactante en la orilla norte de Rusia: las morsas se arrojan desde un acantilado de unos metros. Estos animales suelen habitar en zonas heladas cercanas a su lugar donde se alimentan. Como muchas de estas zonas se han descongelado, este grupo de morsas tiene que habitar temporalmente en una playa pequeña, donde se alimentan. Debido al espacio reducido, muchas se alejan de la playa y suben el acantilado. Como las morsas no saben cómo bajar, se lanzan directamente desde el acantilado y muchas terminan heridas o muertas.

Este escenario trágico refleja las circunstancias en las que se encuentran los osos polares, focas y pingüinos frente al calentamiento global. También ilustra la conglomeración de los animales salvajes en un hábitat cada vez más comprimido debido a las actividades

> 印第安
> 生态文学
> 西尔科与
> 霍根的反思

Literatura ecológica indígena
reflexiones de Silko y Hogan

humanas. Esta imagen es inspiradora para imaginar un escenario apocalíptico en el que, debido al fracaso de controlar el calentamiento global, los seres humanos, al igual que las morsas, tengan que concentrarse en espacios muy reducidos.

Frente a la globalización de la crisis ecológica y económica, hace falta construir una solidaridad humana. Para ello, se requiere un "lugar intermediario" ("middle place"), un "tercer espacio" ("third space") donde las voces de los silenciados se articulen, se escuchen y se discutan con respeto, atención y seriedad.

Las voces de los personajes en *AD* y *SS* diluyen los valores centristas, antropocéntricos y dualistas, como aquellos entre países desarrollados/en vías de desarrollo y Occidente/Oriente. Con ello, constituyen una voz solitaria en pro de un mundo más justo tanto social como ecológicamente. En este lugar intermediario, se toleran las diferencias culturales, las diversas civilizaciones pueden comunicarse sin prejuicio alguno, se florecen las culturas humanas, así que, en dicho espacio, predominan los valores que corresponden a la Iniciativa de Civilización Global de China.

Bibliografía

Acselrad, Henri. "The 'Environmentalization' of Social Struggles—the Environmental Justice Movement in Brazil." *Estudos Avançados*, vol. 24, no. 68, 2010, pp. 103-119, www.scielo.br/pdf/ea/v24n68/en_10.pdf. Visitado el 11 de abril de 2016.

Adamson, Joni. "'¡Todos Somos Indios!' Revolutionary Imagination, Alternative Modernity, and Transnational Organizing in the Work of Silko, Tamez, and Anzaldúa." *Journal of Transnational American Studies*, vol. 4, no. 1, 2012, pp. 1-26, escholarship.org/uc/item/2mj3c2p3. Visitado el 2 de julio de 2018.

—. *American Indian Literature, Environmental Justice, and Ecocriticism: The Middle Place*. University of Arizona Press, Tucson, 2001.

—. "Ecocriticism, Environmental Justice, and the Rights of Nature." *Panorama: Journal of the Association of Historians of American Art*, vol. 5, no. 1, 2019, pp. 1-3, doi:10.24926/24716839.1704. Visitado 14 de marzo de 2020.

—. "Las humanidades ambientales globales: ampliando la conversación, imaginando futuros alternativos." *Humanidades ambientales. Pensamiento, arte y relatos para el siglo de la gran prueba*, editado por José Albelda, José M. Parreño, y José Manuel Marrero Henríquez, traducido por Alejandro Rivero-Vadillo, Catarata, Madrid, 2018, pp. 15-33

▶ 印第安
生态文学
西尔科与
霍根的反思 | Literatura ecológica indígena reflexiones de Silko y Hogan

—. "Medicine Food: Critical Environmental Justice Studies, Native North American Literature, and the Movement for Food Sovereignty." *Environmental Justice*, vol. 4, no. 4, 2011, pp. 213-219, doi:0.1089/env.2010.0035. Visitado el 6 de noviembre de 2016.

—. "Seeking the Corn Mother: Transnational Indigenous Organizing and Food Sovereignty in Native North American Literature." *Indigenous Rights in the Age of the UN Declaration*, edited by Elvira Pulitano, Cambridge University Press, Cambridge, 2012, pp. 228-249.

—. "Source of Life: Avatar, Amazonia, and an Ecology of Selves." *Material Ecocriticism*, edited by Serenella Iovino and Serpil Oppermann, Indiana University Press, Bloomington, 2014, pp. 253-268.

—. "Whale as Cosmos: Multi-Species Ethnography and Contemporary Indigenous Cosmopolitics." *Revista Canaria de Estudios Ingleses*, no. 64, 2012, pp. 29-45, unirioja.es/servlet/articulo?codigo=3881452. Visitado el 16 de mayo de 2017.

Adamson, Joni, Mei Mei. Evans, and Rachel Stein, editors. *The Environmental Justice Reader: Politics, Poetics, & Pedagogy*. University of Arizona Press, Tucson, 2002.

Adamson, Joni, and Scott Slovic. "Guest Editors' Introduction. The Shoulders We Stand On: An Introduction to Ethnicity and Ecocriticism." *Melus*, vol. 34, no. 2, 2009, pp. 5-24, www.jstor.org/stable/20532676. Visitado el 13 de marzo de 2020.

Alaimo, Stacy. "'Skin Dreaming': The Bodily Transgressions of Fielding Burke, Octavia Butler, and Linda Hogan." *Ecofeminist Literary Criticism: Theory, Interpretation, Pedagogy*, edited by Greta Gaard and Patrick D. Murphy, University of Illinois Press, Urbana, 1998, pp. 123-138.

Alaimo, Stacy, and Susan Hekman, editors. *Material Feminisms.* Indiana University Press, Bloomington, 2008.

Alves, Isabel M. F. "*Gardens in the Dunes:* indigenismo, natureza e poder em perspetiva ecocrítica." *Revista Crítica de Ciências Sociais*, no. 100, 2013, pp. 213-234, 10.4000/rccs.5288. Visitado el 19 de agosto de 2020.

American Anthropological Association. "AAA Statement on Race." *American Anthropologist*, vol. 100, no. 3, 1998, pp. 712-713, www.jstor.org/stable/682049. Visitado el 28 de diciembre de 2017.

Anaya, S. James. "Indian Givers: What Indigenous Peoples Have Contributed to International Human Rights Law." *Washington University Journal of Law & Policy*, vol. 22, 2006, pp. 107-120, openscholarship.wustl.edu/law_journal_law_policy/vol22/iss1/7. Visitado el 1 de abril de 2018.

Barad, Karen. "Posthumanist Performativity: Toward an Understanding of How Matter Comes to Matter." *Material Feminisms*, edited by Stacy Alaimo and Susan Hekman, Indiana University Press, Bloomington, 2008, pp. 120-154.

Beidler, Peter G. "Animals and Theme in *Ceremony.*" *American Indian Quarterly*, vol. 5, no. 1, 1979, pp. 13-18, doi:10.2307/1184720. Visitado el 1 de mayo de 2020.

Bellarsi, Franca. "European Ecocriticism: Negotiating the Challenges of Fragmentation?" *Ecozon@: European Journal of Literature, Culture and Environment*, vol. 1, no. 1, 2010, pp. 126-131, doi:rg/10.37536/ECOZONA.2010.1.1.330. Visitado el 9 de octubre de 2020.

Booker, M. Keith., and Anne-Marie Thomas. *The Science Fiction Handbook.* Wiley Blackwell, West Sussex, 2009.

Bourbeau, Philippe, and Caitlin Ryan. "Resilience, Resistance, Infrapolitics and Enmeshment." *European Journal of International Relations*, vol. 24, no. 1, 2018, pp. 221-239, doi:10.1177/1354066117692031. Visitado el 28 de noviembre de 2020.

Buell, Lawrence. "Ecocriticism: Some Emerging Trends." *Qui Parle: Critical Humanities and Social Sciences*, vol. 19, no. 2, 2011, pp. 87-115, doi:10.5250/quiparle.19.2.0087. Visitado el 18 de agosto de 2020.

—.*The Future of Environmental Criticism: Environmental Crisis and Literary Imagination*. Blackwell, Malden, 2005.

—.*Writing for an Endangered World: Literature, Culture, and Environment in the U.S. and Beyond*. Belknap Press of Harvard University Press, Cambridge, 2001.

Chang, Chia-ju. "Environing at the Margins: *Huanjing* as a Critical Practice." *Chinese Environmental Humanities: Practices of Environing at the Margins*, edited by Chia-ju Chang, Palgrave Macmillan, New York, 2019, pp. 1-32.

Chang, Yalan. "A Network of Networks: Multispecies Stories and Cosmopolitical Activism in *Solar Storms* and *People of a Feather*." *Ecocriticism and Indigenous Studies: Conversations from Earth to Cosmos*, edited by Salma Monani and Joni Adamson, Routledge, New York, 2017, pp. 171-187.

Chavis, Benjamin. Foreword. *Confronting Environmental Racism: Voices from the Grassroots*, edited by Robert D. Bullard South End Press, Boston, 1993, pp. 3-6.

Coffey, Wallace, and Rebecca Tsosie. "Rethinking the Tribal Sovereignty Doctrine: Cultural Sovereignty and the Collective Future of Indian Nations." *Stanford Law & Policy Review*, vol.

12, no. 2, 2001, pp. 191-221, ssrn.com/abstract=1401586. Visitado el 17 de abril de 2019.

Commission for Racial Justice United Church of Christ. *Toxic Wastes and Race in the United States: A National Report on the Racial and Socio-Economic Characteristics of Communities with Hazardous Waste Sites*, www.nrc.gov/docs/ML1310/ML13109A339.pdf. 1987, Visitado el 26 de septiembre de 2020.

De la Cadena, Marisol. "Cosmopolítica indígena en los Andes: reflexiones conceptuales más allá de la 'política'." *Tabula Rasa*, no. 33, 2020, pp. 273-311, doi:10.25058/20112742.n33.10. Visitado el 17 de diciembre de 2020.

Deloria, Vine Jr. "Self-Determination and the Concept of Sovereignty." *Native American Sovereignty*, edited by John R. Wunder, Routledge, 1997, pp. 107-114.

—. *We Talk, You Listen: New Tribes, New Turf* [1970]. Edited by Suzan Shown Harjo, Bison Books, Lincoln, 2007.

Di Chiro, Giovanna. "Environmental Justice." *Keywords for Environmental Studies*, edited by Joni Adamson, William L. Gleason, and David N. Pellow, kindle ed., New York University Press, New York, 2016, pp. 100-105.

Escobar, Arturo. "Discourse and Power in Development: Michel Foucault and the Relevance of His Work to the Third World." *Alternatives*, vol. 10, no. 3, 1984, pp. 377-400, doi:10.1177/030437548401000304. Visitado el 19 de septiembre de 2019.

Estok, Simon C., and Won-Chung Kim, editors. *East Asian Ecocriticisms: A Critical Reader*. Palgrave Macmillan, New York, 2013.

Evans, Matthew T. "The Sacred: Differentiating, Clarifying and

Extending Concepts." *Review of Religious Research*, vol. 45, no. 1, 2003, pp. 32-47, doi:10.2307/3512498. Visitado el 9 de noviembre de 2019.

Evans, Mei Mei. "'Nature' and Environmental Justice." *The Environmental Justice Reader: Politics, Poetics, & Pedagogy*, edited by Joni Adamson, Mei Mei Evans, and Rachel Stein, The University of Arizona Press, Tucson, 2002, pp. 181-193.

Ferrández San Miguel, Maria. "Appropriated Bodies: Trauma, Biopower and the Posthuman in Octavia Butler's 'Bloodchild' and James Tiptree, Jr.'s 'The Girl Who Was Plugged In'." *Atlantis*, vol. 40, no. 2, 2018, pp.27-44, www.jstor.org/stable/26566961. Visitado el 18 de octubre de 2021.

—. "Ethics in the Anthropocene: Traumatic Exhaustion and Posthuman Regeneration in N.K. Jemisin's *Broken Earth Trilogy*." *English Studies*, vol. 101, no. 4, 2020, pp. 471-486, doi:10.1080/0013838X.2020.1798138. Visitado el 18 de octubre de 2021.

—. "Towards a Theoretical Approach to the Literature of Resilience: E. L. Doctorow's *Ragtime* as a Case Study." *Orbis Litterarum*, vol. 73, no. 2, 2018, pp. 146-169, doi:10.1111/oli.12162. Visitado el 18 de octubre de 2021.

Ferrando, Francesca. *Philosophical Posthumanism*. E-book, Bloomsbury Publishing, London, 2019.

Flys Junquera, Carmen. "Ecocrítica y ecofeminismo: diálogo entre la filosofía y la crítica literaria." *Ecología y género en diálogo interdisciplinar*, editado por Alicia H. Puleo. Plaza y Valdés Editores, Madrid, 2015, pp. 307-320.

—. "'En el principio era la palabra': la palabra y la creación de imaginarios ecológicos." *Humanidades ambientales. Pensamiento, arte y relatos para el siglo de la gran prueba*, editado por José Albelda, José M. Parreño, y José Manuel Marrero Henríquez, Catarata, Madrid, 2018, pp. 182-200.

—. "Literatura, crítica y justicia medioambiental." *Ecocríticas. Literatura y medio ambiente*, editado por Carmen Flys Junquera, José Manuel Marrero Henríquez, y Julia Barella Vigal, Iberoamericana, Madrid, 2010, pp. 85-119.

—. "The State of Ecocriticism in Europe: Panel Discussion." *Ecozon@: European Journal of Literature, Culture and Environment*, vol. 1, no. 1, 2010, pp. 108-122, doi:rg/10.37536/ECOZONA.2010.1.1.329. Visitado el 29 de noviembre de 2021.

—. "(Un)Mapping (Ir)Rational Borders in Linda Hogan's Novels." *Canadaria*, vol. 2, no. 7, 2010, pp. 7-19.

—. "(Un)Mapping (Ir)Rational Geographies: Linda Hogan's Communicative Places." *The Future of Ecocriticism: New Horizons*, edited by Serpil Oppermann et al., Cambridge Scholars Publishing, Newcastle upon Tyne, 2011, pp. 244-255.

Flys Junquera, Carmen, y Juan Ignacio Oliva, editores. *Ecocrítica. Nerter: Revista Dedicada a la Literatura, el Arte y el Conocimiento*, no. 15-16, 2010.

Flys Junquera, Carmen, José Manuel Marrero Henríquez y Julia Barella Vigal, editores. *Ecocríticas. Literatura y medio ambiente*. Iberoamericana, Madrid, 2010.

Foucault, Michel. *The History of Sexuality Volume I: An Introduction* [1976]. Translated by Robert Hurley, Pantheon Books, New York, 1978.

—. *Language, Counter-Memory, Practice: Selected Essays and Interviews* [1977]. Edited by Donald F. Bouchard, translated by Donald F. Bouchard and Sherry Simon, Cornell University Press, New York, 1980.

—. *Power/Knowledge: Selected Interviews and Other Writings 1972—1977*. Edited by Colin Gordon, translated by Colin Gordon et al., Pantheon Books, New York, 1980.

Gaard, Greta, and Patrick D. Murphy, editors. *Ecofeminist Literary Criticism: Theory, Interpretation, Pedagogy*. University of Illinois Press, Urbana, 1998.

Glotfelty, Cheryll. "Introduction: Literary Studies in an Age of Environmental Crisis." *The Ecocriticism Reader: Landmarks in Literary Ecology*, edited by Cheryll Glotfelty and Harold Fromm, University of Georgia Press, Athens, 1996, pp. xv-xxxvii.

Goodbody, Axel H., Carmen Flys Junquera, and Serpil Oppermann, editors. "Introduction: 2020 Ecocriticism, in Europe and Beyond." *Ecozon@: European Journal of Literature, Culture and Environment*, vol. 11, no. 2, 2020, pp. 1-7, 10.37536/ECOZONA.2020.11.2.4027. Visitado el 12 de diciembre de 2021.

Grewe-Volpp, Christa. "Ecofeminisms, the Toxic Body, and Linda Hogan's *Power*." *Handbook of Ecocriticism and Cultural Ecology*, edited by Hubert Zapf, De Cruyter, Berlin, 2016, pp. 208-225.

—. "The Ecological Indian vs. the Spiritually Corrupt White Man: The Function of Ethnocentric Notions in Linda Hogan's *Solar Storms*." *Amerika studien/American Studies*, vol. 47, no. 2, 2002, pp. 269-283, www.jstor.org/stable/41157732. Visitado el 6 de abril de 2018.

Guha, Ramachandra, and Joan Martínez-Alier. *Varieties of Environmentalism: Essays North and South*. Earthscan, London, 1997.

Harlow, Barbara. *Resistance Literature*. Methuen, New York, 1987.

Harrison, Summer. "'We Need New Stories': Trauma, Storytelling, and the Mapping of Environmental Injustice in Linda Hogan's *Solar Storms* and Standing Rock." *American Indian Quarterly*, vol. 43, no. 1, 2019, pp. 1-35, 10.5250/amerindiquar.43.1.0001. Visitado el 1 de enero de 2017.

Hartman, Steven, et al. "Through the Portal of COVID-19: Visioning the Environmental Humanities as a Community of Purpose." *Bifrost Online*, 8 Jun. 2020, bifrostonline.org/steven-hartman-joni-adamson-greta-gaard-serpil-oppermann/. Visitado el 16 de agosto de 2020.

Harvey, David. *Justicia, naturaleza y la geografía de la diferencia* [1996]. Traducido por José María Amoroto, Traficantes de Sueños, Madrid, 2018.

Hellegers, Desiree. "From Poisson Road to Poison Road: Mapping the Toxic Trail of Windigo Capital in Linda Hogan's *Solar Storms*." *Studies in American Indian Literatures*, vol. 27, no. 2, 2015, pp. 1-28, doi.org/10.5250/studamerindilite.27.2.0001. Visitado el 11 de noviembre de 2018.

Hogan, Linda. "An Interview with Linda Hogan." *The Missouri Review*, vol. 17, no. 2, 1994, pp. 109-134, doi:10.1353/mis.1994.0027. Visitado el 9 de septiembre de 2020.

—. "Backbone: Holding Up Our Future."*Humanities for the Environment Integrating Knowledge, Forging New Constellations of Practice*, edited by Joni Adamson and Michael Davis, Routledge, London, 2016, pp. 20-32.

—.*Calling Myself Home*. Greenfield Review Press, New York, 1978.

—.*Dwellings: A Spiritual History of the Living World*. Simon & Schuster, New York, 1995.

—.*Mean Spirit*. Atheneum Books, New York, 1990.

—.*People of the Whale.* W.W. Norton & Company, New York, 2008.

—.*Power.* W. W. Norton & Company, New York, 1998.

—.*Solar Storms*[1995]. Simon & Schuster, New York, 1997.

Hollander, Jocelyn A., and Rachel L. Einwohner. "Conceptualizing Resistance." *Sociological Forum*, vol. 19, no. 4, 2004, pp. 533-554, www.jstor.org/stable/4148828. Visitado el 9 de octubre de 2019.

Huang, Hsinya. "(Alter)Native Medicine and Health Sovereignty: Disease and Healing in Contemporary Native American Writings." *The Routledge Companion to Native American Literature*, edited by Deborah L. Madsen, Routledge, New York, 2016, pp. 249-259.

Huhndorf, Shari M. "Picture Revolution: Transnationalism, American Studies, and the Politics of Contemporary Native Culture."*American Quarterly*, vol. 61, no. 2, 2009, pp. 359-381, www.jstor.org/stable/27734993. Visitado el 29 de octubre de 2016.

Jespersen, T. Christine. "Unmapping Adventure: Sewing Resistance in Linda Hogan's *Solar Storms*." *Western American Literature*, vol. 45, no. 3, 2010, pp. 274-300, muse.jhu.edu/article/405467. Visitado el 18 de diciembre de 2019.

Keep America Beautiful. "The Crying Indian." *Youtube*, uploaded by coffeekid99, 2007, youtube.com/watch?v=j7OHG7tHrNM.

Klein, Naomi. *Esto lo cambia todo. El capitalismo contra el clima* [2014]. Traducido por Albino Santos Mosquera, Paidós, Barcelona, 2015.

Kymlicka, Will. *Multicultural Citizenship: A Liberal Theory of Minority Rights.* Oxford University Press, Oxford, 1995.

Lewis, David, Dennis Rodgers, and Michael Woolcock. "The Fiction of Development: Literary Representation as a Source of Authoritative Knowledge." *The Journal of Development Studies*, vol. 44, no. 2, 2008, pp. 198-216, doi:10.1080/00220380701789828. Visitado el 18 de agosto de 2020.

Lincoln, Kenneth. *Native American Renaissance.* University of California Press, Berkeley, 1983.

Lindo Mañas, Beatriz. "From Ecocriticism to Environmental Humanities: A Brief Overview of Publications in Spain." *Ecozon@: European Journal of Literature, Culture and Environment*, vol. 11, no. 2, 2020, pp. 261-266, doi:10.37536/ECOZONA.2020.11.2.3543. Visitado el 14 de diciembre de 2021.

Littlefield, Alice, et al. "Redefining Race: The Potential Demise of a Concept in Physical Anthropology [and Comments and Reply]." *Current Anthropology*, vol. 23, no. 6, 1982, pp. 641-655, doi:10.1086/202915. Visitado el 3 de enero de 2018.

Lyons, Oren. "An Iroquois Perspective." *Learning to Listen to the Land*, edited by William B. Willers, Island Press, Washington DC, 1991, pp. 202-205.

Martín Junquera, Imelda. "Justicia medioambiental." *Nerter: Revista Dedicada a la Literatura, el Arte y el Conocimiento*, no. 15-16, 2010, pp. 55-58.

—.*Las literaturas chicana y nativo americana ante el realismo mágico.* Universidad de León, León, 2005.

Martínez-Alier, Joan. *El ecologismo de los pobres. Conflictos ambientales y lenguajes de valoración* [2002]. Icaria, Barcelona, 2011.

Martínez-Alier, Joan, et al. "Is there a Global Environmental Justice

Movement?" *The Journal of Peasant Studies*, vol. 43, no. 3, 2016, pp. 1-25, doi:10.1080/03066150.2016.1141198. Visitado el 20 de noviembre de 2017.

Mazel, David, editor. *A Century of Early Ecocriticism*. University of Georgia Press, Athens, 2001.

McKibben, Bill, editor. *American Earth: Environmental Writing Since Thoreau*. Literary Classics of the United States, New York, 2008.

Mevorach, Katya Gibel. "Race, Racism, and Academic Complicity." *American Ethnologist*, vol. 34, no. 2, 2007, pp. 238-241, www.jstor.org/stable/4496802. Visitado el 19 de junio de 2017.

Mignolo, Walter D. *The Darker Side of Western Modernity: Global Futures, Decolonial Options*. E-book, Duke University Press, Durham, 2011.

Murphy, Patrick D. *Literature, Nature, and Other: Ecofeminist Critiques*. State University of New York Press, Albany, 1995.

—. *Persuasive Aesthetic Ecocritical Praxis: Climate Change, Subsistence, and Questionable Futures*. Lexington Books, Lanham, 2015.

Niezen, Ronald. *The Origins of Indigenism: Human Rights and the Politics of Identity*. University of California Press, Berkeley, 2003.

Nixon, Rob. "The Anthropocene: The Promise and Pitfalls of an Epochal Idea." *Future Remains: A Cabinet of Curiosities for the Anthropocene*, edited by Gregg Mitman, Marco Armiero, and Robert S. Emmett, University of Chicago Press, Chicago, 2018, pp. 1-18.

—. *Slow Violence and the Environmentalism of the Poor*. Harvard University Press, Cambridge, 2011.

Nussbaum, Martha C. "The Moral Status of Animals." *The Chronicle of Higher Education*, 3 feb. 2006, www.chronicle.com/article/the-moral-status-of-animals/. Visitado el 4 de febrero de 2020.

Oliva, Juan Ignacio, y Carmen Flys Junquera. "Ecocriticism in English Studies" . *Revista Canaria de Estudios Ingleses*, no. 64, 2012, pp. 9-12, dialnet.unirioja.es/ejemplar/299576. Visitado el 16 de mayo de 2017.

ONU. *Social Justice in an Open World: The Role of the United Nations*. United Nations Publication, New York, 2006.

Oppermann, Serpil. "The Rhizomatic Trajectory of Ecocriticism." *Ecozon@: European Journal of Literature, Culture and Environment*, vol. 1, no. 1, 2010, pp. 17-21, doi:10.37536/ECOZONA.2010.1.1.314. Visitado el 4 de septiembre de 2020.

Perry, Imani. *More Beautiful and More Terrible: The Embrace and Transcendence of Racial Inequality in the United States*. New York University Press, New York, 2011.

Plumwood, Val. *Environmental Culture: The Ecological Crisis of Reason* [2002]. E-book, Routledge, London, 2005.

Reed, T. V. "Toxic Colonialism, Environmental Justice, and Native Resistance in Silko's *Almanac of the Dead*." *Melus*, vol. 34, no. 2, 2009, pp. 25-42, www.jstor.org/stable/20532677. Visitado el 10 de julio de 2018.

—.*The Art of Protest: Culture and Activism from the Civil Rights Movement to the Present*[2005]. Kindle ed., University of Minnesota Press, Minneapolis, 2019.

Roemer, Kenneth M. Introduction. *The Cambridge Companion to Native American Literature*, edited by Joy Porter and Kenneth M. Roemer, e-book, Cambridge University Press, Cambridge,

2005, pp. 1-24.

Rosenblum, Karen E., and Toni-Michelle C. Travis. *The Meaning of Difference: American Constructions of Race and Ethnicity, Sex and Gender, Social Class, Sexuality, and Disability* [2006]. McGraw-Hill Education, New York, 2016.

"Sagrado." Diccionario de la lengua española, Real Academia Española, 2014, dle.rae.es/sagrado?m=form. Visitado el 28 de diciembre de 2019.

Schlosberg, David. *Defining Environmental Justice: Theories, Movements, and Nature*. Oxford University Press, New York, 2007.

—.*Environmental Justice and the New Pluralism: The Challenge of Difference for Environmentalism.*Oxford University Press, New York, 1999.

Schweninger, Lee. "Writing Nature: Silko and Native Americans as Nature Writers." *Melus*, vol. 18, no. 2, 1993, pp. 47-60, doi:10.2307/467933. Visitado el 5 de junio de 2020.

Shrader-Frechette, Kristin. *Environmental Justice: Creating Equality, Reclaiming Democracy*. Oxford University Press, New York, 2002.

Sikor, Thomas, and Peter Newell. "Globalizing Environmental Justice?" *Geoforum*, vol. 54, 2014, pp. 151-157, doi:10.1016/j.geoforum.2014.04.009. Visitado el 25 de abril de 208.

Silko, Leslie Marmon. *Almanac of the Dead* [1991]. Penguin Books, New York, 1992.

—.*Ceremony* [1977]. Penguin Books, New York, 2006.

—.*The Delicacy and Strength of Lace: Letters between Leslie Marmon Silko & James Wright*. Edited by Anne Wright, Graywolf Press, St. Paul, 1986.

—.*Gardens in the Dunes*. Simon & Schuster, New York, 1999.
—.*Laguna Woman*. Greenfield Review Press, New York, 1974.
—.*Sacred Water: Narratives and Pictures*. Flood Plain Press, Tucson, 1993.
—.*Storyteller*[1981]. Penguin Books, New York, 2012.
—.*The Turquoise Ledge*. Viking Books, New York, 2010.
—.*Yellow Woman and a Beauty of the Spirit: Essays on Native American Life Today*. Simon & Schuster, New York, 1996.

Slovic, Scott. "COVID World, COVID Mind: Toward a New Consciousness." *Bifrost Online*, 8 Jun. 2020, //bifrostonline.org/scott-slovic/. Visitado el 29 de agosto de 2020.

—. "Leslie Marmon Silko, *Ceremony* (1977)." *Literature and the Environment*, edited by George Hart and Scott Slovic, Greenwood Press, Westport, 2004, pp. 111-128.

—. "Literature." *Routledge Handbook of Religion and Ecology*, edited by Willis J. Jenkins, Mary E. Tucker, and John Grim, Routledge, New York, 2017, pp. 355-363.

—. "New Developments in Chinese Ecocriticism: Toward a Global Environmental Dialogue." *Foreign Literature Studies*, vol. 42, no. 1, 2020, pp. 14-21, doi: 10.19915/j.cnki.fls.2020.01.002. Visitado el 19 de diciembre de 2020.

—. "Seasick among the Waves of Ecocriticism: An Inquiry into Alternative Historiographic Metaphors." *Environmental Humanities: Voices from the Anthropocene*, edited by Serpil Oppermann and Serenella Iovino, e-book, Rowman & Littlefield International, London, 2017, pp. 99-111.

Slovic, Scott, and Paul Slovic. "The Psychophysics of Brightness and the Value of a Life." *Numbers and Nerves: Information, Emotion, and Meaning in a World of Data*, edited by Scott

Slovic and Paul Slovic, Oregon State University Press, Corvallis, 2015, pp. 1-22.

Smith, Lindsey Claire, and Trever Lee Holland. "'Beyond all Age': Indigenous Water Rights in Linda Hogan's Fiction." *Studies in American Indian Literatures*, vol. 28, no. 2, 2016, pp. 56-79, doi:10.5250/studamerindilite.28.2.0056. Visitado el 7 de agosto de 2017.

Stein, Rachel. "Activism as Affirmation: Gender and Environmental Justice in Linda Hogan's *Solar Storms* and Barbara Neely's *Blanche Cleans Up*." *The Environmental Justice Reader: Politics, Poetics, & Pedagogy*, edited by Joni Adamson, Mei Mei Evans, and Rachel Stein, The University of Arizona Press, Tucson, 2002, pp. 194-212.

—. "Contested Ground: Nature, Narrative, and Native American Identity in Leslie Marmon Silko's *Ceremony*." *Leslie Marmon Silko's Ceremony: A Casebook*, edited by Allan Chavkin, e-book, Oxford University Press, New York, 2002, pp. 193-211.

Swyngedouw, Erik. "Apocalypse Forever? Post-Political Populism and the Spectre of Climate Change." *Theory, Culture & Society*, vol. 27, no. 2-3, 2010, pp. 213-232, doi:10.1177/0263276409358728. Visitado el 20 de abril de 2020.

Sze, Julie. "Boundaries of Violence: Water, Gender and Globalization at the US Borders." *International Feminist Journal of Politics*, vol. 9, no. 4, 2007, pp. 475-484, doi:10.1080/14616740701607978. Visitado el 17 de noviembre de 2018.

—. "From Environmental Justice Literature to the Literature of Environmental Justice." *The Environmental Justice Reader: Politics, Poetics, & Pedagogy*, edited by Joni Adamson, Mei Mei Evans, and Rachel Stein, The University of Arizona Press, Tucson, 2002, pp. 163-180.

Tarter, James. "Locating the Uranium Mine: Place, Multiethnicity, and Environmental Justice in Leslie Marmon Silko's *Ceremony*." *The Greening of Literary Scholarship: Literature, Theory, and the Environment*, edited by Steven Rosendale and Scott Slovic, University of Iowa Press, Iowa City, 2002, pp. 97-110.

Tarter, Jim. "'Dreams of Earth': Place, Multiethnicity, and Environmental Justice in Linda Hogan's *Solar Storms*." *Reading Under the Sign of Nature: New Essays in Ecocriticism*, edited by John Tallmadge and Henry Harrington, University of Utah Press, Salt Lake City, 2000, pp. 128-147.

Taylor, Paul B. "Silko's Reappropriation of Secrecy." *Leslie Marmon Silko: A Collection of Critical Essays*, edited by Louise K. Barnett and James L. Thorson, University of New Mexico Press, Albuquerque, 1999, pp. 23-62.

Temper, Leah, Daniela Del Bene, and Joan Martínez-Alier. "Mapping the Frontiers and Front Lines of Global Environmental Justice: The EJAtlas." *Journal of Political Ecology*, vol. 22, no. 1, 2015, pp. 255-278, journals.uair.arizona.edu/index.php/JPE/article/view/21108, doi:10.2458/v22i1.21108. Visitado el 21 de diciembre de 2018.

Temper, Leah, *et al.* "The Global Environmental Justice Atlas (EJAtlas): Ecological Distribution Conflicts as Forces for Sustainability." *Sustainability Science*, vol. 13, 2018, pp. 573-584, doi:10.1007/s11625-018-0563-4. Visitado el 10 de febrero de 2019.

Teuton, Christopher B. *Deep Waters: The Textual Continuum in American Indian Literature*. E-book, University of Nebraska Press, Lincoln, 2010.

Tillett, Rebecca, editor. *Howling for Justice: New Perspectives on Leslie Marmon Silko's Almanac of the Dead*. University of Arizona Press, Tucson, 2014.

Tillett, Rebecca. "'The Indian Wars Have Never Ended in the Americas': The Politics of Memory and History in Leslie Marmon Silko's *Almanac of the Dead*." *Feminist Review*, no. 85, 2007, pp. 21-39, www.jstor.org/stable/30140903. Visitado el 1 de octubre de 2018.

—.*Otherwise, Revolution!: Leslie Marmon Silko's Almanac of the Dead*. E-book, Bloomsbury Publishing, New York, 2018.

Tsosie, Rebecca. "Land, Culture, and Community: Reflections on Native Sovereignty and Property in America." *Indiana Law Review*, vol. 34, 2000-2001, pp. 1291-1312, ssrn.com/abstract=1401554. Visitado el 22 de octubre de 2020.

—. "Sacred Obligations: Intercultural Justice and the Discourse of Treaty Rights." *UCLA Law Review*, vol. 47, no. 6, 2000, pp. 1615-1672, ssrn.com/abstract=1401596. Visitado el 4 de octubre de 2020.

Utter, Jack. *American Indians: Answers to Today's Questions*. University of Oklahoma Press, Norman, 1993.

Velie, Alan R. *Four American Indian Literary Masters: N. Scott Momaday, James Welch, Leslie Marmon Silko, and Gerald Vizenor*. University of Oklahoma Press, Norman, 1982.

Vizenor, Gerald R. *Dead Voices: Natural Agonies in the New World*. University of Oklahoma Press, Norman, 1992.

—.*Literatura india nativo-americana*. Traducido por *Clara Isabel Polo Benito*, Universidad de León, León, 1996.

Wald, Priscilla. "Natural Disaster." *Keywords for Environmental Studies*, edited by Joni Adamson, William A. Gleason, and

David N. Pellow, kindle ed., New York University Press, New York, 2016, pp. 148-151.

Warren, Karen J. *Ecofeminist Philosophy: A Western Perspective on What It Is and Why it Matters*. Rowman & Littlefield, Lanham, 2000.

Weaver, Jace. *That the People Might Live: Native American Literatures and Native American Community*. Oxford University Press, New York, 1997.

Weiss, Beno. *Understanding Italo Calvino*. University of South Carolina Press, Columbia, 1993.

Westling, Louise H. *The Green Breast of the New World: Landscape, Gender, and American Fiction*. University of Georgia Press, Athens, 1996.

William, Rueckert. "Literature and Ecology: An Experiment in Ecocriticism." [1978] *The Ecocriticism Reader: Landmarks in Literary Ecology*, edited by Cheryll Glotfelty and Harold Fromm, University of Georgia Press, Athens, 1996, pp. 105-123.

Womack, Craig S. *Red on Red: Native American Literary Separatism*. University of Minnesota Press, Minneapolis, 1999.

Young, Iris M. *Justice and the Politics of Difference*. Princeton University Press, New Jersey, 1990.

Zhou, Xiaojing. "Zheng Xiaoqiong's Poems on the Global Connection to Urbanization and the Plight of Migrant Workers in China." *Verge: Studies in Global Asias*, vol. 2, no. 1, 2016, pp. 84-96, doi:10.5749/vergstudglobasia.2.1.0084. Visitado el 4 de abril de 2018.

胡志红:《西方生态批评史》. 北京: 人民出版社, 2015。[Hu, Zhihong. *A History of Western Ecocriticism*.People's Publishing House, Beijing, 2015.]

| 印第安生态文学
西尔科与霍根的反思 | Literatura ecológica indígena reflexiones de Silko y Hogan |

李运抟：《"拿来主义"与现实审视的误区——关于本土生态文学研究理论运用问题》，载《学习与探索》2010 年第 5 期，第 229-233 页。 [Li, Yuntuan. "'Grabbism' and Misjudgments in Reality Evaluation: Issues in Applying Theories to Local Ecological Literature." *Study & Exploration*, no. 5, 2010, pp. 229-233.]

刘倡，蒂莫·穆勒：《生态批评视野下的中国文学：理论基础与研究方向》，载《夏华文化论坛》2018 年第 1 期，第 363-369 页。 [Liu, Chang, and Timo Müller. "Ecocriticism and Chinese Literature: Theoretical Basis and Research Agenda." *Huaxia Wenhua Luntan*, no. 1, 2018, pp. 363-369.]

鲁枢元：《陶渊明的幽灵》。上海：上海文艺出版社，2012。 [Lu, Shuyuan. *The Specter of Tao Yuanming*. Shanghai Literature & Art Publishing House, Shanghai, 2012]

孙小芳：《琳达·霍根国内研究综述》，载《江西科技师范大学学报》2019 年第 4 期，第 106-111 页。 [Sun, Xiaofang. "Domestic Research Review of Linda Hogan." *Journal of Jiangxi Science & Technology Normal University*, no. 4, 2019, pp. 106-111. Visitado el 5 de agosto de 2020.]

王宁（编）：《新文学史 I》。北京：清华大学出版社，2001。 [Wang, Ning, editor. *New Literary History I*. Tsinghua University Press, Beijing, 2001]

王诺：《欧美生态文学》。北京：北京大学出版社，2003。 [Wang, Nuo. *Euro-American Ecoliterature*. Beijing University Press, Beijing, 2003]

王晓华：《中国生态批评的合法性问题》，载《文艺争鸣》2012 年第 7 期，第 34-38 页。 [Wang, Xiaohua. "The Legitimacy of Chinese Ecocriticism." *Literary and Artistic Contention*, no. 7, 2012, pp. 34-38.]

王晓路:《作为问题的全球化、生态批评与多元文化观——对外国文学认定式研究模式的质疑》, 载《外国文学》2012 年第 6 期, 第 122-128+160 页。 [Wang, Xiaolu. "Globalization, Ecological Criticism and Multiculturalism in Question: Questioning the Unquestioned Paradigm in Foreign Literary Studies." *Foreign Literature*. no. 6, 2012, pp. 122-128+160.]

习近平:《携手同行现代化之路——在中国共产党与世界政党高层对话会上的主旨讲话》(2023 年 3 月 15 日), 载《人民日报》2023 年 3 月 16 日, 第 2 版。 [Xi, Jinping. "Join Hands on the Path Towards Modernization Keynote Address by H.E. Xi Jinping General Secretary of the Central Committee of The Communist Party of China and President of the People's Republic of China at the CPC in Dialogue with World Political Parties High-level Meeting." (15 March 2023) *Peoples' Daily*. 16 Mar. 2023, pp. 2.]